狙われた寝台特急「さくら」

西村京太郎

祥伝社文庫

目次

一章　挑戦状

1

十津川は、上司の本多捜査一課長と一緒に、三上刑事部長に、呼ばれた。

一月二十一日。月曜日。

警視庁の玄関に立てられた門松も、すでに取り払われている。もっとも、刑事にとって、年末も、正月もないといったほうがいいだろう。

統計は知らないが、今年は、いつも以上に、元旦から、凶悪事件が頻発した感じで、十津川たちは、捜査に追われた。

それも、ここに来て、やっと一段落した。

三上部長は、小柄で、神経質な男である。この日も、眉を寄せ、難しい顔で、十津川と、本多を迎えた。

「去年から今年にかけて、警察は、人々から、馬鹿にされ、あなどられたままでいる」

と、三上部長は、いきなり、いった。

「しかし、みんな、事件の解決に、全力をつくしています。今年に入ってからも――」

本多課長が、いいかけるのを、三上は、途中で、手でさえぎった。

「聞きたまえ。今朝、こんな手紙が警視総監宛に届けられた。これも、警察が、あなどりを受けている証拠だとは、思わないかね？」

三上は、机の引出しから、一通の封書を取り出して、本多の前に置いた。

宛名は、「警視総監殿」になっているが、差出人の名前はない。

本多は、指紋の検出は、すんでいますかと、三上にきいてから、中身の便箋を取り出した。封書の宛名も、便箋の文字も、今はやりのワープロで、打ったものだった。

〈一月二十三日（水）、一六時三〇分東京発の寝台特急「さくら」の乗客を一人殺す。おれは、予告したことは、必ず実行する人間だ。これを、見事、阻止してみるかね？

サムライと呼ばれた男〉

本多は、一読すると、黙って、手紙を、十津川に、渡した。

十津川は、二度、読み返してから、机の上に返した。

「挑戦状ばやりですな」

と、十津川が、苦笑すると、三上は、ニコリともしないで、

「警察がだらしないから、犯罪者が、つけあがるんだ」

と、甲高く(かんだか)いった。

だらしのない警察の中に、自分は、入っていないような三上のいい方に、十津川は、いかにも、エリートコースを突っ走って来た部長らしいと、思いながら、

「部長は、この手紙の主が、本気で、実行すると、お考えなんですか？」

と、きいた。

三上は、返事をする代わりに、本多と、十津川に、

「君たちは、どう思う？」

と、きき返した。

本多が、ちょっと考えてから、

「私だったら、まず、国鉄に、問い合わせてみますね。もともと、列車内で起きる事件は、鉄道公安官の所轄です。殺人事件にまで発展すれば、警察の仕事になりますが。従っ

て、これと似た手紙が、国鉄本社にも、来ていると思うのです。この犯人が脅(おど)しているのは、国鉄の寝台特急ですから、何か要求して来ているかもしれません。それを見てから、判断すべきだと思いますね」

と、いうと、三上は、わが意を得たというように、ニッコリ笑って、

「私も、そう思ったから、国鉄本社へ、問い合わせてみたよ」

「どうでした？」

「確かに、国鉄総裁宛に、似たような手紙が来ているということだった。向こうでも、警察に相談しようと考えていたらしい。君たちは、これから、国鉄本社へ行って、挑戦状の主が、本気かどうか、調べて来てくれないか」

2

十津川は、本多と一緒に、国鉄本社を訪ねた。

総裁は、運輸大臣との会議に出ていて留守で、秘書の北野(きたの)と、現場から、東京駅の首席助役の木暮(こぐれ)が、二人を待っていた。

北野が、国鉄総裁宛に今朝、届いたという手紙を、見せた。

封筒も、それに打たれているワープロの文字も、同じだった。ただ、文面は、多少、違っていた。

〈前の警告を、なぜ無視したのか？　そのため、一月十六日（水）の下り寝台特急「さくら」の車内で、乗客の一人を殺さなければならなかった。

この責任は、あげて、国鉄当局にある。従って、今回要求する乗客の身代金は、五千万円の倍の一億円とする。

一月二十二日中に、支払いの意思表示をせよ。もし、支払う意思があれば、東京駅地下一階の「C62」の動輪の前に、午後一時に、赤いバラの花びんを置け。さもないと、二十三日一六時三〇分発の寝台特急「さくら」で、また、乗客の一人が死ぬことになる。

サムライと呼ばれた男〉

「第一回の手紙というのを、見せて頂けませんか」

十津川が、いうと、北野は、当惑した顔で、

「それが、見つからないのです」

「すると、ご覧になったことは、確かなんですか？」

「いや、見ていません。今度の脅迫状を見て、あわてて、探したんですが、どうしても、見つからないんです」

「間違って、他へ配られてしまったということは、考えられますか？」

「そうですね。その封筒をご覧になってもわかるように、宛先を、訂正してあります。最初に、『運輸省内』と書いて、それを、『日本国有鉄道』と、訂正してあります。第一の手紙が、訂正せずに出されているとすると、運輸省に行ってしまっているでしょうね」

「運輸省に、問い合わせされましたか？」

「ええ。してみましたが、わからないという返事でした」

「わからないというのは――？」

「差出人のない手紙ですからね。屑籠（くずかご）へ直行してしまったかもしれないということだと思います」

「十六日の『さくら』の車内で、本当に、殺人が、あったんですか？　新聞には、そんな記事は、のっていなかったように思うんだが」

今度は、本多が、木暮首席助役に、きいた。

「その日の『さくら』の乗客の一人が、亡くなったことは、事実ですが、私が受けた報告では、病死です」

と、五十五歳の木暮は、落ち着いた声で、いった。

「間違いありませんか？」

「ここに、問題の列車に乗っていた車掌長の報告がありますから、見てください」

木暮は、用意して来た書類を、本多に見せた。

一月十六日東京発下り「さくら」の車掌長、山本雄一の署名がしてある。

〈本列車が、一月十七日一一時五二分に、長崎に到着したあと、5号車6下の乗客が、死亡しているのが発見された。すぐ、公安官に連絡すると共に、救急車で、長崎病院に運んだ。医師の診断によると、この乗客は、午前二時から三時の間に死亡しており、死因は、心不全である。

乗客の名前は、吉田孝（五六）東京都世田谷区——丁目　TEL——。M銀行世田谷支店、支店長である〉

「この吉田さんの告別式には、私が、国鉄を代表して、参列しました」

と、木暮が、いった。

「遺族に、会われたわけですね？」

十津川が、きいた。

「ええ。奥さんに会いました」

「亡くなった吉田孝という人に、心臓病の気は、あったんですか?」

今度は、本多が、きいた。

「奥さんの話では、去年の四月に、一度、心臓発作で倒れて、入院したことがあったそうです。ですから、国鉄側としては、病死に間違いないと、確信していたんですが」

「すると、この脅迫状は、嘘を書いているということになりますね?」

と、思いますが、断定はできないので、来て頂いたわけです」

と、木暮が、いった。

三十代の若い北野秘書は、腕を組んで、考え込んでいたが、

「心臓発作に見せかけて、殺すことは、可能ですか?」

と、十津川に、きいた。

「そうですね。よく、心臓発作や、心不全に見せかけられる薬があるというようなことが書かれますが、現在のところ、無理だと思いますね。同じ症状を起こせたとしても、解剖すれば、薬が検出されてしまうでしょうからね。ただ、犯人が、ナイフで刺そうとしたとき、相手が、心臓に持病があって、恐怖のあまり、心臓発作か、心不全で、死んでしまう

ということは、考えられますね」

「では、この犯人の場合は、どう思います？　一月十七日の午前二時から三時までの間に、『さくら』の乗客の一人を、ナイフで刺そうとして、相手が、心臓発作を起こして、死んだと思われますか？」

「かもしれません」

「と、いうと、嘘かもしれないといわれるんですね？」

「たまたま『さくら』の車内で、乗客の一人が、病死したという新聞記事を読んで、国鉄をゆすることを考えたということも、あり得ます」

「すると、第一の脅迫状は、もともと、無かったということですか？」

「そうなりますね」

「しかし、犯人が、事実をいっている可能性も、全く否定することは、できないでしょう？」

北野が、当惑した顔でいう。

本多課長は、そんな北野に向かって、

「問題は、国鉄側の気持ちでしょう。この脅迫に、一億円を払うつもりかどうか、まず、それを聞きたいですね」

「とんでもない。こんな脅迫に、いちいち、屈服していたら、際限がありません。一億円など、払う気はありません。総裁も、そのつもりです。ただ、この犯人の要求に応じると見せて、できれば、逮捕したいとも、思っているのです。こうした悪質な行為は、犯人を逮捕するのが、一番いい続発防止策ですから」

と、北野が、いった。

十津川は、どうしますかというように、本多を見た。

「その場合、警察は、協力を惜しみませんよ」

と、本多が、きっぱりと、いった。

「では、今後のこともありますので、相手の要求を呑むと見せて、逮捕したいと思います」

北野がいい、本多も、肯いた。

明日の午後一時に、国鉄側として、犯人の指示どおり、地下一階の「C62」動輪の前に、赤いバラの花びんを置く。犯人は、多分、電話で、連絡してくるであろうから、国鉄本社に、十津川たちが、詰めていることを、打ち合わせた。

十津川は、本多と、車で、警視庁に、戻った。

「私は、どうも、悪戯と思うがね」

と、本多は、車の中で、いった。

「十七日に死んだ乗客が、病死だからですか？」

「まあ、そうだ。君も、いっていたが、今度の犯人は、車内で病死の記事を見て、あんな手紙を送って来たんじゃないかと、私は思っているんだ。悪質な悪戯だとね」

「そうですね」

と、十津川は、肯いてから、

「犯人は、警察への挑戦状にも、国鉄本社への脅迫状にも、同じく、『サムライと呼ばれた男』と、署名していますが、これは、どういう意味でしょうか？」

「さあねえ。気取って、そんなことを書いたのか、それとも、昔、犯人が、サムライというニックネームをつけられていて、それが、自慢なのかもしれん。いずれにしろ、気障な奴だよ」

本多は、苦笑した。

十津川は、警視庁捜査一課に戻ると、北野から借りて来た脅迫状と、警察に来た挑戦状を、部下の亀井刑事にも、見せた。

「明日、カメさんにも、国鉄本社へ行ってもらうよ」

「犯人は、なぜ、警察にも、こんな挑戦状を送りつけて来たんでしょうか？」

亀井は、首をかしげている。

「それが、最近の流行だからじゃないかね。犯人が、目立ちたがり屋なのか、それとも、部長のいうように、警察を馬鹿にしているのか」

十津川は、苦笑した。

警察は、第一に、市民に愛される存在でなければならないといわれる。警察のポスターでも、交番の若い警官が、子供と、親しそうに話をしている写真が使われたりするのは、そのためだろう。

しかし、現実に、警察が、市民に親しまれる存在になっているとは、十津川は、思っていなかった。

むしろ、煙たがられていると思っているし、それでいいのだとも考えている。愛される警察など、気色悪いとさえ思う。

警察は、いつだって、煙たがられる。職務質問でもすれば、たいていは、突っかかってくる。若い刑事は、おれたちが命がけでやってるのにと、むくれるが、十津川には、市民の非協力的な反応のほうが、むしろ、健全なのだという気がする。

市民が、非協力的なのは、世の中が平和で、市民が、警察を恐れていない証拠なのだ。

市民は、事件が起きて、初めて、警察に協力する。そして、事件が終われば、また、警察は忘れられた、うとましい存在になってしまうのである。

それでいいと、十津川は、思っている。

ただ、馬鹿にされてはならない。そうなった時、警察は、存在意義を失ってしまうからである。

だから、こんな挑戦状を出す人間は、絶対に、逮捕する必要がある。

翌二十二日の午後一時に、木暮首席助役は、千円で、真紅のバラ三本を買い、それを、花びんに入れて、東京駅地下一階のコンコースにある「C62動輪」の記念碑の前に置いた。

3

C62型蒸気機関車は、戦後の昭和二十三年に製造され、狭軌（きょうき）の蒸気機関車としては、世界最高の時速一二九キロを記録した。

それを記念して、東京駅の地下一階のコンコースに、動輪三つを埋め込んだ記念碑が作られた。

動輪の前には、大理石の広いテーブルがあり、両側には、ファイバーグラス製の椅子や、吸殻入れなどが置かれている。目立つので、待ち合わせの場所として、使われることが多い。

十津川は、何人かの刑事に、バラの花の置かれた記念碑を、見張らせた。

犯人は、必ず、見に来るだろう。

挙動(きょどう)のおかしい者がいれば、その人間を、チェックすることにしたのだが、実際に、張り込みを開始してみると、簡単には、いかなかった。

赤いバラの花は、よく目立つ。しかし、だからといって、じっと見つめる人間が、怪しいとは、いい切れない。

むしろ、平気で、見つめている人間は、犯人ではないだろう。ちらりと見て、通り過ぎる者が、怪しいかもしれない。

マークする人間が、見つからない中(うち)に、国鉄本社の総裁室に、男の声で、電話が入った。

午後一時四〇分である。

「赤いバラは見た」

と、中年の男の声が、いった。

「どうすればいいのかね？」

北野が、きいた。

「八重洲口のナンバー１４０８のコインロッカーを見ろ」

「何だって？　コインロッカーが、どうしたんだ？」

「１４０８だ。そこを見ればわかる」

「それはわかったが、君の手紙のことで、聞きたいことがある。先週の『さくら』のことで、君は、警告していたというが、そんな手紙は――」

北野は、途中で、舌打ちをして、受話器を置いてしまった。相手が、とっくに、電話を切ってしまっていることに、気がついたからである。

「こんなに短くては、逆探知は無理ですね」

と、十津川が、肩をすくめた。

「とにかく、八重洲口のコインロッカーを、調べてみましょう」

北野が、立ち上がった。

三人は、東京駅の八重洲口に出かけた。

１４０８のコインロッカーは、使用中だった。

マスター・キーを借りて来て、北野が開けた。

一瞬、何も入っていないように見えたが、奥の方を、よく調べると、封筒が一枚、置いてあるのがわかった。

北野が、手を入れて、取り出した。

前の手紙と同じく、ワープロで、「国鉄総裁殿」と、打たれていた。

三人は、国鉄本社の総裁室に戻ってから、封を切って、中身を見た。

〈よく、一億円出す気になった。賢明だ。一億円は、白いスーツケースに入れ、このコインロッカーに入れておけ。こちらは、欲しい時に取りに行く。邪魔はするな。

サムライと呼ばれた男〉

「何だい？　こりゃあ」

十津川が、思わず、声をあげた。

いい気なものだという気が、まず、起きたからである。

もちろん、脅迫して、大金をまきあげようというのが、いい気なものだが、それにしても、この犯人は、図太(ずぶと)すぎる。

「こんなことで、一億円が、手に入ると思っているんですかね」

亀井も、呆れた顔で、いった。

脅迫して、金を得ようとする場合、誘拐事件と同じで、金銭の受け渡しが、ポイントになる。犯人は、それに苦労するし、迎える捜査陣も、同じだ。

ところが、この犯人は、コインロッカーに一億円を入れておけ、取りたい時に取りに行くという。そんなことで、一億円もの大金が、簡単に、手に入ると思っているのだろうか？

グリコ・森永事件で、真犯人が、なかなか捕まらないのに、真似した人間が、簡単に捕まってしまうのは、金を受け取る時のずさんさにある。

受け取る場所を指定して、そこに、のこのこ現われるから、あっさり捕まってしまうのである。

「サムライと呼ばれた男などと、もっともらしく署名をしていますが、たいした男じゃないようですね」

北野も、ほっとした顔でいった。

これなら、簡単に、逮捕できそうだと、十津川は、思った。

4

白い、大型のスーツケースが、用意され、それに、古雑誌が、詰め込まれた。

北野が、それを持って、八重洲口側のコインロッカー、1408に入れ、カギが、かけられた。

まだ、午後五時になっていない。

そのコインロッカーの周囲には、七人の刑事が、張り込んだ。

あとは、犯人との根比べである。

犯人は、コインロッカーのカギを持っている。従って、1408のロッカーを開けようとする人間は、逮捕してしまえばいい。

十津川と、亀井も、トランシーバーを手にして、八重洲口にいた。

一時間過ぎた。が、相手は、姿を見せない。

「ラッシュ・アワーが狙われるかもしれませんね」

と、亀井が、小声で、いった。

五時を過ぎると、東京駅の構内が、賑やかになってくる。

駅周辺の会社からサラリーマンやＯＬが吐き出されて、駅にやってくる。

「気をつけろ」

と、十津川は、トランシーバーに向かっていった。

五時四〇分。

一人の男が、まっすぐに、１４０８のコインロッカーに近づいた。
二十七、八歳の背の高い男である。濃いサングラスをかけている。
コートのポケットから、カギを取り出し、１４０８に、差し込む。

中から、白いスーツケースを引き出して、抱え込む。その瞬間、四人の刑事が男を取り囲んでいた。

「何をするんだ？」

と、男が、大声をあげた。

それを、押さえ込んで、刑事たちは、男を、八重洲口の派出所に、連行した。

自然に、人だかりがしてくるので、男を、奥へ入れて、十津川が、訊問した。

「まず、名前から聞こうか」

と、十津川は、じっと、相手を見つめて、声をかけた。

サングラスをとると、意外に、子供っぽい顔立ちをしている。

男は、顔を、真っ赤にした。

「なぜ、おれが、警察に調べられなければならないんだ」

と、十津川に、食ってかかった。

「ああ。それが、どうしたんだ？」

「君のスーツケースか？」

十津川が、きくと、男は、黙ってしまった。

亀井が、男の背後から手を伸ばし、上衣のポケットから、財布と、運転免許証を、抜き出し、十津川に渡した。

「吉川敏和。世田谷区烏山か」

と、十津川は、運転免許証を見た。

「ぜんぶ、喋ってしまえよ」

横から、亀井が、男の肩を叩いた。

「喋ることなんかないよ」

「それじゃあ、誰も納得しないぞ。このスーツケースには、一億円入っている。君は、それを盗ろうとした。国鉄を脅迫してだ。それが、どんな罪になるのか、わかってるのか？」

　十津川が、語気を強めていうと、吉川は、狼狽（ろうばい）した顔で、

「一億円？　脅迫？　何のことだ？」

「君は、国鉄を脅迫した。列車の中で、乗客を殺すといってだ。そして、一億円を要求した。大変な罪になるぞ」

「ちょっと待ってくれよ。おれには、何のことか、さっぱり、わからないよ」

　吉川は、蒼（あお）い顔で、いった。

「しかし、コインロッカーに、このスーツケースを取りに来たじゃないか」

「頼まれたんだ」

「誰に？」

「わからないよ。中年の男に、頼まれたんだ」

「君は、頼まれれば、何でもするのかね？」

「そんなことはないよ。ただ、コインロッカーから、白いスーツケースを出して来てくれと頼まれたから、引き受けただけさ」

「その男は、なぜ、自分で、取りに行かないと、いったんだね？」

「車に乗っていたよ。足が悪いんだといっていた。おれは、人助けだと思ったから、引き

受けたんだ。それが、いけないのか？」

「じゃあ、どんな男で、どんな車に乗っていたか、覚えているだろうね？」

「サングラスをかけた四十歳ぐらいの男だよ。歩いていたら、車の中から、声をかけられたんだ。足が悪くて、取りに行けないから、お願いしますって、ロッカーのキーを渡されたんだよ。嘘じゃない」

「車の色は？」

「白だよ。白のソアラだった」

「車のナンバーは？」

「覚えてるのは、東京のナンバーだったってことだけさ。早く取って来てくれといわれたんで、急いで、駅の構内に飛び込んだんだよ」

「本当の話なのか？」

「本当だよ。おれは、何も悪いことはしてないぞ！」

5

十津川と、亀井は、吉川を奥にとどめて、派出所の外へ出た。

「カメさんは、どう思うね？」

「わかりませんね。本当に、頼まれたのかもしれませんし、苦しまぎれの嘘をついているのかもしれません」

「あの男の家へ行ってみよう」

と、十津川は、いった。

北野に、ここまでの経過を報告しておいてから、十津川と亀井は、パトカーで、世田谷区烏山に向かった。

甲州街道から少し入ったところに建つ七階建のマンションが、吉川敏和の自宅だった。

管理人に、五〇二号室を開けてもらった。

1LDKの部屋である。

「吉川さんが、何かしたんですか？」

と、マスター・キーを持ったまま、管理人が、心配そうに、きいた。

「どんな人ですか？」

十津川が、部屋の中を見廻しながら、逆に、きき返した。

「いい人ですよ。明るくて、親切で」

「どこに勤めているか、知っていますか？」

「何でも、京橋近くの電気製品の問屋に勤めていると聞きましたね」

と、管理人がいう。

なるほど、そのせいか、真新しい電気製品が、揃っていた。

だが、ワープロの機械は、見当たらなかった。

「ありませんね」

と、亀井が、失望の色を見せた。

「ワープロは、友人から、借りたのかもしれんよ。それに、電気製品の問屋なら、会社に、ワープロが置いてあるだろう。それを使ったということも、考えられる」

「そうですね」

と、亀井が、肯いた。

しかし、十津川自身も、部屋の中を調べている中に、しだいに、憮然とした気持ちになって来た。

国鉄を脅迫するような男の部屋には、思えなくなって来たからである。

どこにでもいる普通の若者の部屋だった。

百万円を少し上まわる預金通帳も出て来たし、恋人と思われる女性からのラブレターも見つかった。

アルバムに貼ってある写真も、平凡だが、幸福そうな写真ばかりである。

（これは、違うな）

と、十津川は、感じた。

寝台特急「さくら」を狙うというのに、列車のことを書いた本も、写真も、見つからない。

「本当に頼まれただけなのかもしれんな」

と、十津川は、亀井に、いった。

二人は、国鉄本社に、戻った。

電話がかかって来たのは、午後八時を回ってからである。

「使い走りを捕まえても、仕方がないだろう」

と、聞き覚えのある男の声が、いった。

北野は、小さく咳払いしてから、

「改めて、君の要求を聞きたい。応えられるものなら、応えるつもりだ」

「こちらの警告は無視された。今後、起きることの責任は、全て、そちらにある。国鉄総裁に、よく、いっておくんだ」

「もっと、よく、君の話を聞きたい。先週の水曜日、本当に、乗客を殺したのか？　あれは、どう考えても、病死だ。それを、なぜ、殺したというんだ？　殺したというのなら、その証拠を見せたまえ」

北野は、電話を引き延ばそうと、必死に、話しかけたが、男は、電話を切ってしまった。

北野は、受話器を置くと、当惑した顔で、十津川を見た。

「どう思われますか？」

「犯人が、乗客を殺すといったのは、明日の『さくら』でしたね？」

「そうです。二十三日、水曜日の『さくら』です」

「警察にも、そう書いて来ています。単なる悪戯かもしれないし、本気でやる気かもしれない。五分五分の感じですね」

「しかし、先週の水曜日に死んだ乗客は、明らかに、病死です」

「すると、悪戯かな」

十津川も、考え込んだ。

悪戯なら、無視すればいい。だが、もし、相手が、本気だとしたら――？

「警部。犯人は、本気で、一億円が、手に入ると思ったんでしょうか？」

亀井が、十津川に、きいた。

二章　旅立ち

1

問題の一月二十三日（水）が、来た。

十津川は、迷っていた。

警察に、挑戦状を送りつけて来た人間は、今日、東京駅を発車する寝台特急「さくら」で、乗客の一人を殺すと書いている。

もし、犯人が、本気なら、課長の許可を得て、「さくら」に、乗ろうと思った。

しかし、単なる悪戯としたら、馬鹿らしい。

いったい、どちらなのだろうかという迷いだった。

先週の水曜日に、東京駅を出発した「さくら」でも、乗客の一人を殺したと、犯人は、書いているが、十津川が調べた限りでは、病死である。

それを考えると、悪戯の可能性が、強くなってくる。

それに、十津川には、警視庁捜査一課の人間として、東京の治安を守る使命が背負わされている。

絶対に、殺人が起こるとわかっていれば、「さくら」に乗れるが、あやふやでは、東京を離れることは、許可されない。

午後三時に、世田谷で、殺人事件が発生し、十津川は、捜査の指揮をとることになって、かえって、ほっとした。「さくら」に乗るべきかどうか、迷う必要がなくなったからである。それに、「さくら」の車内で起こることは、車掌や、公安官たちが、対処してくれるだろう。

国鉄総裁秘書の北野には、今日の「さくら」に乗れないことを告げた。

北野は、別に、失望はしなかったようである。

「今日の『さくら』には、特別に、鉄道公安官を乗せることにします。車掌にも、脅迫状のことを話して、注意するようにいってありますから、それで、大丈夫だと思っています」

と、北野は、いった。

彼も、乗客の一人を殺すという手紙に対しては、半信半疑らしかった。

一六時一〇分（午後四時一〇分）。

東京駅の10番線に、寝台特急「さくら」が、入って来た。

東京駅から、一番早く発車するブルートレインである。「さくら」が、栄光の第1列車と呼ばれるのは、そのためもあるし、戦前からの栄光の歴史ということもある。

戦前の昭和四年、特急列車の愛称を公募したところ、富士、桜が選ばれた。この時から、富士、燕（つばめ）などと共に、東海道を走る花形列車となった。

戦争の激化と共に、特急は、急行に格下げされ、桜の名称も、消えてしまった。

戦後、昭和三十一年に、東京と博多（はかた）の間を夜行特急が走るようになった。その最初の列車が、「あさかぜ」である。

これが、好評だったため、次々に夜行特急が生まれた。その中の「さちかぜ」が、「あさかぜ」とまぎらわしいため、「平和」になり、昭和三十四年、「さくら」となった。

これが、ブルートレイン「さくら」の誕生である。

その後、使用される客車や、編成などの変更はあったが、現在も、ブルートレイン「さくら」として、東京と九州の間を結んでいる。国鉄の列車ナンバーは、「1」である。

1号車から8号車までが、長崎行、9号車から、最後尾の14号車までが、佐世保（させぼ）行となっている。

6号車は、食堂車である。

乗り込むクルーは、東京車掌区の車掌四人。

機関士は、たびたび、交代するが、車掌は、終着駅まで、交代しない。

新田（にった）車掌長は、四人の中では、最年長の五十五歳である。

終戦の年の昭和二十年に、国鉄に入社し、以後、国鉄一筋に生きて来た。

他の三人も、それぞれ、国鉄一筋に、現在まで、やって来た男たちである。

佐野（さの）車掌長は、新田より一歳年下だが、昭和二十年に入社した同期生だった。

武藤（むとう）車掌長は、まだ、四十歳になったばかりである。先月、二人目の子供が生まれたところだった。

専務車掌の森本（もりもと）は、一番若くて、三十八歳である。

新田と森本が、長崎、佐野と武藤は、佐世保だった。

東京車掌区を出るとき、四人は、国鉄本社へ届いた脅迫状のことを、知らされた。

「悪戯の可能性が強いが、万一ということもある。今日の『さくら』には、二人の公安官も同乗するが、君たちも、車内に、いつも以上に、気を配ってもらいたい」

それが、指示だった。

新田にも、脅迫が、悪戯かどうかわからなかった。

彼が、乗務するようになってからの「さくら」の車内で、乗客が殺されたことは、一度もなかった。

先週の一月十六日の「さくら」で、乗客が一人死亡したが、その時、新田は、乗務していなかったし、病死だったと、聞いている。

（とにかく、今回は、どんな小さな事故でもないようにしよう）

と、新田は、思った。

まだ、車内は、静かである。

乗客も、ホームで、見送りの人たちと、お喋りをしている。

一月といっても、午後四時ではまだ、ホームは明るく、夜行列車の旅立ちという雰囲気ではなかった。

新田は、専務車掌の森本と、1号車から8号車までを、見て歩いた。

以前の「さくら」には、A個室寝台が一両連結されていたのだが、それがなくなって、代わりに、A寝台と、B個室寝台（カルテット）が、一両ずつ、連結されることになった。

1号車は、従来からの二段式B寝台、2号車が、A寝台、そして、3号車が、新しいB

個室寝台である。

日本の客車には、今まではなかった四人用のコンパートメントである。

片側の通路に面して、そのコンパートメントが、八室並んでいる。

中は、かなり広く、四人が、向かい合って腰を下ろせるようになっていて、眠るときは、上下、二つずつのベッドになる。

国鉄で、カルテットと呼ばれるこのB個室寝台は、今のところ、「さくら」の他に、「みずほ」に、一両連結されていた。

寝台特急（ブルートレイン）の新しい目玉商品なのだが、宣伝が行き届いていないせいか今日も、他の車両が、七十パーセントから、八十パーセント近い乗客なのに、3号車のコンパートメントは、半分の四室しか、売れていなかった。

このコンパートメントは、一室単位の料金になっている。

大人が四人、それに子供を四人プラスして、合計八人まで利用できる。

一室の料金は、東京—長崎間で、三万六千円である。

これには、寝台料金と特急料金が入っているから、あとは、利用する人数だけの運賃を払えばいい。

内側からカギがかかるし、上の寝台は固定され、下の座席をベッドにするのも簡単なので、寝たい時に寝られる利点がある。

金に余裕がある人なら、一人で、三万六千円払って、コンパートメントのひとつを借り切って、ゆっくり旅行するのもいいだろう。

現に、今日、ふさがっている四室の中、三室は、四人の乗客だが、一室は一人の乗客になっている。

4号車、5号車は、二段式のB寝台。

6号車は、食堂車である。

日本食堂長崎営業所の六人の職員が、ホームから、食料の積み込みに励んでいる。

調理係二人、会計係一人、サービス係一人、そして車内販売係二人の合計六人である。

彼等に、脅迫状のことは、話さなかった。

要らぬ心配は、かけたくなかったし、乗客の安全を守るのは、あくまでも、国鉄職員である自分たちの任務だと、新田は、思ったからである。

続く7、8号車は、二段式B寝台になる。

9号車以降は、佐世保行で、佐野と武藤の二人が、見て廻っている。

「別に、妙な雰囲気はありませんね」

通路を歩きながら、専務車掌の森本が、いった。

「まだ、わからんよ」

新田は、慎重に、いった。

十四両編成の「さくら」を牽引するＥＦ65型電気機関車が、接続された。

相変わらず、十二、三人の子供たちが、カメラを持って、ホームの端に群がっている。

機関車の前部についているヘッドマークを、写そうというのだ。

新田にとって、見なれた風景である。

新田は、乗務員室に入ると、マイクで、「さくら」の停車駅と、その時刻を、並べていった。

うるさいという人もいるが、その車内放送がないと、不安になってしまうという乗客もいるのである。

放送をすませて、通路に出ると、二人の鉄道公安官が、乗ってくるのに、出会った。

二人とも、顔見知りだった。

「一応、打ち合わせをしましょう」

と、新田が、いった。

公安官は、警察官の恰好(かっこう)をしているが、国鉄職員の中から選ばれて、なることになっている。

2

「交代で、車内を見廻ることにしたいと思いますが」

新田がいうと、二人の公安官も、肯いた。

今のところ、それ以上のことは、できそうもない。

まさか、まだ、事件が起きていないのに、乗客の一人一人の住所や名前を聞くわけにはいかないだろう。

発車の時刻が近づくにつれて、乗客の数が増え、車内が、賑(にぎ)やかになってきた。

3号車のコンパートメントをのぞいて、他の車両は、寝台が固定式になっているので、乗客たちは、下段のベッドに腰を下ろし、お喋りをしたり、みかんを食べたり、トランプをやったりしている。

子供たちのはしゃぐ声も聞こえてくる。寝台列車に乗ったのが、嬉しいのだろう。

今度は、逆に、1号車に向かって、通路を歩きながら、新田は、平和だなと思い、殺人事件など、起こりそうもないなと、思った。

窓の外を見ると、隣りの9番線には、西鹿児島(にしかごしま)行の寝台特急「はやぶさ」が、同じ青い車体を見せている。

これから、東京駅は、ブルートレインの出発ラッシュが、続くのだ。

今、「さくら」のいる10番線にも、一六時三〇分に、発車した直後に、長崎、熊本(くまもと)行の寝台特急「みずほ」が、入線してくる。

ホームで、ベルが、鳴った。

いよいよ、新田の乗務する「さくら」の出発である。

長崎、佐世保のどちらに着くのも、明日の十一時半を過ぎてになる。

寝台特急「さくら」は、ひとゆれしてから、ゆっくりと、ホームを離れた。

新田は、乗務員室の窓を開け、ホームで見送る駅員たちに、礼を返した。

列車は、どんどん、スピードをあげていく。

新田たちは、すぐ、車内改札(かいさつ)を開始した。

切符に、鋏(はさみ)を入れながら、それとなく、乗客の様子を見た。

もし、あの脅迫状が、悪戯でなければ、犯人は、東京駅から乗り込んで来ているかもしれないと、思ったからである。

だが、顔立ちや、眼つきだけでは、何もわからなかった。

一六時五五分、横浜発。

一七時から、食堂車が、営業を開始する。

一八時一四分、沼津着、二分停車で発車。

車内では、まだ、何も起こらない。

窓の外は、暗くなり、灯火が、またたき始めて、夜行列車らしくなってきた。

一九時〇一分、静岡着。

まだ、時刻が早いせいで、寝ようという乗客は、ほとんどいなかった。

ベッドに腰を下ろして、相変わらずお喋りをしている若いグループもいれば、仰向けに寝て、週刊誌を読んでいる中年の男もいる。

食堂車は、満員だった。

車内販売の売れ行きもいいのは、今日の「さくら」の乗客に、家族連れが多いせいかもしれない。

二一時二三分、名古屋着。

機関士の方は、静岡に続いて、二度目の交代である。

二二時〇〇分。食堂車は、いったん、営業を止め、また、明朝六時〇〇分に、再開する。

新田は、二人の公安官に、先に、食事をすませてもらった。

すでに、通路の灯(あか)りも、小さくされて、うす暗い。さっきまで、賑やかに聞こえていた子供たちの声も、聞こえなくなった。寝台にもぐって、眠ってしまったのだろう。

公安官が、食事をすませたあと、新田たち四人の車掌は、営業の終わった食堂車で、夜食をとった。

「9号車から14号車の方も、今のところ、異常はないね」

と、箸(はし)を運びながら、佐野が、いった。

「銃声も、悲鳴も聞こえません。静かなものです」

武藤が、つけ加えた。

「しかし、乗客は、もう、カーテンを閉めて、寝てしまっています。死んでいても、わかりませんね」

一番若い森本が、物騒なことをいった。

新田は、肩をすくめて、

「だからといって、カーテンを開けて、いちいち、のぞき込むわけにも、いかんじゃないか」

と、いった。

食堂車の反対の隅では、食堂の従業員が、仕事をすませて、新田たちと同じように、おそい夕食をとっていた。

夜食をすませた新田たちは、彼等に、「ご苦労さん」と、声をかけてから、食堂車を出た。

通路を歩くと、乗客の寝息が、聞こえてくる。

時々、歯ぎしりが聞こえたりもする。

二三時二三分、京都（きょうと）着。

ホームは、ひっそりと、静まり返っている。

男の乗客が二人だけ、乗って来た。

一分停車で、発車。

（本当に、事件が起きるのだろうか？）

三章　第二の脅迫状

1

翌日の午前十一時に、十津川は、「さくら」の車内で起きた殺人事件のことを知らされた。

まだ、「さくら」は、終点の長崎にも、佐世保にも着いていない時刻である。

知らせてくれたのは、国鉄総裁秘書の北野だった。

この事件を担当することになった福岡(ふくおか)県警からは、十一時現在、連絡は、来ていない。

脅迫状のことを、連絡しておかなかったので、腹を立てているのかもしれなかった。

「カメさんは、どう思うね？」

十津川は、北野からの電話のあとで、亀井刑事に、声をかけた。

「北野さんは、やられたと、いっていましたね」

「無理もないさ。脅迫状どおり、寝台特急『さくら』の車内で、乗客の一人が絞殺（こうさつ）されたんだからね。ただ、われわれとしては、慎重に行動する必要がある。脅迫状の主が、殺したとは、限らないからね。偶然、脅迫状とは関係なく、事件が起きたのかもしれない」

「被害者は、東京の男だそうですな」

「運転免許証によれば、名前は、相田幸司（あいだこうじ）で、年齢は四十二歳。東京杉並（すぎなみ）区に住んでいる。乗っていたのは、7号車の下段9番の席だそうだ。切符は、博多までだ」

十津川は、メモを見ながら、いった。

「四十二歳というと、男の厄年（やくどし）ですね」

と、亀井は、刑事らしくないことをいってから、

「この男のことを、調べますか？」

「まだ、福岡県警からは、何の要請もないがね。一応、調べておくべきだろう」

十津川がいい、二人は、パトカーで、杉並の相田家に向かった。

七階建のマンションの一室に、相田の表札が、かかっていた。

四十二歳なら、当然、妻子がいるだろう。福岡県警からか、国鉄から、知らせが届いている頃である。

そんな家族に、話を聞くのは、気が重いと思っていたのだが、着いてみると、ドアには錠がおりていて、「一週間ばかり、留守にしますので、新聞を入れないでください」と、貼紙がしてあった。

相田の死んだことを知らされて、家族が、あわてて、福岡へ出発したのかと思ったが、そうではなかった。

管理人にきくと、何も知らない管理人は、ニコニコ笑いながら、

「相田さんのご家族は、九州へ行かれましたよ。奥さんの実家があるとかで」

「一緒に行ったんですか?」

と、十津川が、きいた。そうなら、相田の家族も、同じ「さくら」に乗っていたのだろうか?

「ええ。ご一緒ですよ。ただ、ご主人は、飛行機が、お嫌いだそうで、列車で行かれるんだと、聞いていましたが」

と、管理人が、いう。

十津川は、何となく、ほっとしながら、

「相田さんは、何をやっておられる方ですか?」

「大きな会社の課長さんだと、お聞きしたことがありますよ。電気関係の会社の」

「サラリーマンですか」

「ええ。休暇をとって、九州へ行くと、おっしゃってましたよ」

「会社の名前は、わかりませんか？」

十津川がきくと、管理人は、自分の部屋へ戻って、何か探している様子だったが、一枚の名刺を持って来た。

〈KT電気　管理部管理課長　相田幸司〉

と、印刷された名刺だった。

KT電気なら、一流会社である。

十津川と、亀井は、KT電気の本社がある新宿西口に廻ってみた。

二人は、相田の上司である管理部長に会った。

相田が殺されたことは、まだ、知らされていなかったとみえて、十津川が、事件のことを告げると、部長は、顔色を変えた。

「まさか、相田君が――」

と、いって、一瞬、絶句してから、

「なぜ、相田君が、殺されなければならんのですか？」

「それを、われわれも知りたいと思うので、協力して頂きたいのです」

「もちろん、協力しますよ」

「相田さんは、休暇をとられて、福岡へ行かれたそうですね?」

「ええ。なんでも、奥さんの実家で、不幸があったとかで、どうしても、顔を出さなければならない。奥さんと、子供は、一週間ほど、向こうへ行ってくるが、相田君は、三日で、帰ってくると、いっていたんですよ」

「四十二歳で課長というのは、この会社では、出世の早いほうですか?」

と、亀井が、きいた。

「まあ、普通ですよ。早い者は、三十七、八歳で課長になります」

「すると、そのために、恨みを買うということは、なかったわけですね?」

「それは、全くありませんね」

「相田さんというのは、どういう人だったんですか?」

「一口にいえば、温厚な性格でしたね。それが、相田君のいいところでもあり、欠点でもあったと、私は、思いますよ」

「つまり、他人を押しのけてまで、出世しようとするタイプではなかったというわけですか?」

「まあ、そんなところです。だから、相田君が、人に恨まれて殺されるなんてことは、考えられんのです」

2

「女性問題で、何かあったということは、考えられませんか？」

今度は、十津川が、きいた。

すぐ、部長は、首を横に振って、

「それは、なかったと思いますよ。彼は、大変な愛妻家でしたからね。それに、社内で、女性問題を起こせば、出世のさまたげになることは、相田君も、よく知っていましたからね」

「社内の女子社員とではなくて、たとえば、クラブのホステスと、仲よくなったというようなことは、ありませんでしたか？」

「さあ、なかったと思いますが、いくら上司でも、部下のプライバシーまでは、監督できませんよ」

部長は、眉(まゆ)をひそめて、いった。

十津川と亀井は、相田の部下である管理課員や、彼と同期に入社した社員にも会って、話を聞いてみた。彼等の口から、一様に聞きえたのは、相田が、温厚な人間で、敵を作るような男ではないという証言である。

あながち、死者に対する礼儀とも思えなかった。

「やはり、脅迫状の男が、無作為に、寝台特急『さくら』の乗客を殺したんですかね」

亀井が、KT電気本社を出たところで、十津川にいった。

十津川は、珍しく、黙っている。

もし、脅迫状の男が、国鉄をゆするために、誰でもいいから、乗客の一人を殺したのだとすれば、被害者について調べることは、殆ど無意味になる。

被害者の性格や、人間関係から、殺人に結びつくものは、何もないからである。

十津川は、近くの公衆電話で、国鉄本社の北野に、連絡をとってみた。

「脅迫状の男から、何か連絡して来ませんか？」

と、十津川は、きいた。

「まだ、何のコンタクトもありません」

「福岡県警からは、どうですか？」

「そちらもです。車掌長から、連絡は、来ています」

「何と、いって来ているんですか？」

「県警は、同じ7号車に乗っていた乗客の中に、犯人がいると思っているようですね。7号車の乗客の名前や、住所は、メモしたようです」

「しかし、死体が発見されるまでに、降りてしまった7号車の乗客も、いたわけでしょう？」

「そうです。そこが、問題だと、私も思っているんですが」

と、北野は、いった。

二人が、警視庁に戻ると、やっと、福岡県警から、連絡が入っていた。

「向こうは、かなり立腹のようだったよ」

と、捜査一課長の本多が、人名と住所を書いたメモを、十津川に渡しながら、苦笑して見せた。

「そうでしょうね」

「それは、7号車の乗客の名簿だよ。ファクシミリで送って来たんだ」

「全部で、九名ですか」

「その他に、千葉二名、埼玉一名、神奈川一名の乗客がいて、それぞれの県警に、調査を依頼したといっていたよ」

「この中に、犯人がいればいいんですが」

「そのいい方は、いないと思っているみたいだね？」

「カメさんとも話したんですが、犯人は、死体が発見されるまでに、列車を降りてしまっていると思いますね。或(ある)いは、7号車以外の乗客か。いずれにしろ、死体が見つかるまで、同じ7号車に、のんびり乗っているとは、とうてい思えません」

「そうだろうね。だが、念のためだ」

「わかりました。手分けして、調べてみます」

と、十津川は、いった。

3

翌二十五日も、一日中、十津川たちは、九人の乗客の身辺捜査に費(つい)やした。

しかし、これはという人物は、浮かびあがって来なかった。

新聞は、一斉(いっせい)に、寝台特急「さくら」の車内での殺人事件を報道した。

だが、警察も、国鉄も、脅迫状のことについては、箝口令(かんこうれい)を敷いたので、記事にはならなかった。

二十四日、二十五日の東京発「さくら」の乗車率が、ほとんど影響を受けなかったのは、そのせいだろう。二十三日発の「さくら」の乗客が殺されたのは、ニュースで知っていたとしても、自分とは関係ない事件だと、割り切っているからであろう。

しかし、二十五日の夕方になって、事態が変わってしまった。

第二の脅迫状が、国鉄本社に届いたのである。

知らせを受けて、十津川と亀井は、すぐ、駈けつけ、その脅迫状を見せてもらった。

第一回のものと同じく、ワープロで書かれている。

投函場所は、東京駅近くのポストで、速達の赤いスタンプが押してあったが、このスタンプは、どうやら、市販されているものを使ったらしい。

〈お前たちの裏切りのせいで、寝台特急「さくら」の乗客を一人、殺すことになってしまった。警告を無視したお前たちの責任だ。

これが、どんな結果を生むか、よく考えることだ。乗客の安全を保ちたければ、二億円を用意しておけ。要求額が二倍になったのは、お前たちが、裏切ったからだ。

警察に通報するのも自由だが、彼等が、何の役にも立たぬことは、今度の事件で、よくわかったはずだ。

われわれと、取引きしたければ、二十八日までに、次の広告を、新聞紙上に出せ。

「国鉄から、利用者の皆様へお願い。

私たちは、日夜、赤字克服のために、努力しております。

しかし、何よりも必要なのは、皆様が、一層、国鉄を愛し、利用してくださることです。

来る春の観光シーズンには、延べ二億人の方が、国鉄を利用してくださることを期待しておりますので、よろしくお願いします」

拒否したり、前のように、われわれを裏切った場合は、また一人、寝台特急「さくら」の乗客の中から、死人が出ることになることを、覚悟しておくことだ。

サムライと呼ばれた男〉

「国鉄としての考えを、聞かせてもらえませんか？」

と、十津川は、いった。

「この犯人と、取引きをするつもりかどうかということですか？」

「そうです」

「そんなつもりはありません。もし、こんな脅迫状に屈して、取引きしたら、相手は、次々に、新しい要求を突きつけて来ますよ。総裁も、断じて、こんな要求は、受け入れるなと、いわれています。それに、今のところ、ブルートレインの乗車率に変化はありませんから」

北野が、強い調子でいったとき、急に、部屋の外が、騒がしくなった。

女子職員が、蒼い顔で入って来て、

「新聞記者の方たちが、押しかけて来て、総裁に会いたいと、おっしゃっています」

「私が会う」

と、北野は、いった。

各社の社会部記者が、カメラマンを同行して、集まっていた。

北野の顔を見ると、たちまち、取り囲んで、

「国鉄が、脅迫されているというのは、本当なんですか？」

「何のことですか？　それは」

北野が、白ばくれて、きき返すと、記者の一人が、ポケットから、封筒を取り出した。

「こんなものが、今日の夕方、各新聞社に届いたんですよ。読んでみてください」

と、記者が、いった。

速達のスタンプと、ワープロの文字で、北野は、あの男の手紙だと、すぐわかった。

〈一月二十三日東京発の寝台特急「さくら」の車内で、乗客の一人が殺された事件について、特ダネを、提供しよう。

殺したのは、われわれだ。われわれは、国鉄本社に対して、「さくら」の安全と引きかえに、一億円を要求していた。全乗客の安全が、たった一億円で買えるのだ。安いものだろう。それなのに、国鉄当局は、われわれの要求を拒否しただけでなく、罠にかけようとさえした。

そこで、仕方なく、「さくら」の乗客を殺さざるを得なかったのだ。

君たちマスコミの代表も、国鉄当局に、われわれの要求を呑むように、説得して欲しい。

われわれとしても、これ以上、殺人を犯すのは、嫌だからね。

サムライと呼ばれた男〉

「これは、本当ですか？」

と、記者が、北野の顔を見た。

4

（そのとおりだ）

と、認めたらどうなるだろう？

北野は、とっさに、その結果を考えてみた。

恐らく、明日から、寝台特急「さくら」に乗る乗客は、激減するだろう。当然だ。誰だって、命は惜しいからだ。どうしても、九州に行かなければならない人間は、新幹線と九州のL特急を乗りつぐか、飛行機で行くか、「さくら」以外の寝台特急を、利用するだろう。

確実に、乗客は減るし、「さくら」のイメージも、低下する。今は、少しでも、国鉄のイメージを向上させ、利用者を増やさなければならないのに。

「その手紙は、明らかに、悪戯ですよ」

と、北野は、いった。

「なぜ、そう断定できるんですか？　二十三日東京発の『さくら』の乗客が、一人、殺されたことは、事実でしょう？」

記者の一人が、いった。

「そうです。この事件については、今、警察が調べていますよ。しかし、その手紙とは、無関係です」

「では、このサムライと呼ばれた男は、なぜ、こんな手紙を、新聞社に送りつけて来たんですかね？」

「世の中には、騒ぎを起こして、喜ぶ人間もいるんです。多分、国鉄に対して、恨みでも持ってるんでしょう。不正乗車で、捕まったとか、駅で転んで怪我をしたとか」

「じゃあ、この手紙の中の一億円云々というのは、嘘なんですか？」

「嘘ですよ。もちろん、手紙の主の妄想でしょう」

「しかしねえ。北野さん。手紙を読むと、本当らしく思えるんですがね」

と、記者が、食いさがって来た。

「ブルートレイン『さくら』の中で殺された乗客については、間もなく、犯人があがると思います。警察が、そういっていましたからね。国鉄を脅かすために、無関係な人間を殺すような男がいると思いますか？」

北野は、切り返した。

「まあ、そういえば、そうですがねえ。今の世の中は、何が起きるかわからないからなあ」

記者は、未練がましく呟(つぶや)いた。

確かに、この手紙は、特ダネに違いなかった。だから、記者たちは、なかなか、引き退(さが)らないのだ。

「お願いがあります」

と、北野は、記者たちの顔を見廻した。

「今、申しあげたように、国鉄が脅迫されている事実はありません。その手紙も、でたらめです。だから、無視してください。でたらめでも、もし、新聞が取りあげると、利用者が、怖がって、『さくら』に乗らなくなる心配があります。現在、国鉄が、赤字で苦しんでいることは、よくご存じでしょう。でたらめの手紙で、これ以上、国鉄に打撃を与えないで欲しいのです」

北野がいうと、記者たちは、顔を見合わせた。

一人の記者が、代表する形で、

「まずは、そちらの要望を、受け入れて、この手紙は、取りあげないことにします」

「感謝します」

「しかし、この手紙が、事実だったら、その時には、新聞にのせますよ」

「もちろん、構いませんよ」

と、北野は、いった。

5

記者たちが、帰ってしまったあと、北野はもう一度、十津川たちと、話し合った。

北野が、新聞社に送られた手紙のことを話すと、十津川は、

「犯人の狙いは、明らかに、国鉄に圧力をかけることにありますね」

と、断定した。

「圧力ですか？」

「そんな手紙を、新聞社に送りつければ、記者たちは、当然、真偽の問い合わせに、国鉄本社へ行くと、犯人は、読んでいるんです。下手をすると、『さくら』の乗客の間に、パニックが起きる恐れがある。われわれに、そう思わせて、二億円せしめるつもりなんです」

「どうしたらいいんですか？　新聞は、待ってくれると、約束してくれましたが、いつまでも待ってくれはしません。特ダネですからね」

北野が、当惑した顔で、十津川を見た。

「何よりの解決策は、この犯人を逮捕することです」

「それができれば、文句はありませんが」

「ここは、相手の誘いにのってみましょう。こうした事件では、相手が動いてくれないと、犯人を逮捕するのは難しいですからね」

「では、要求どおり、二億円払えというんですか？」

北野が、気色ばんで、きいた。

十津川は、手を振って、

「払えとは、いっていません。犯人の要求に応じるふりをして頂きたいのです。われわれが、二億円を受け取りに来たところを、逮捕します」

「大丈夫ですか？」

「犯人を逮捕する以外に、この事件を解決する方法は、ありません」

と、十津川は、いった。

「私だけの判断では、決められません。総裁にも、連絡しますので、十津川さんから、改めて、説明してください」

北野は、慎重にいった。

その日の夜になって、改めて、総裁室で、対策会議が開かれた。

国鉄総裁の木本に、山本運転局長、後藤公安本部長、そして、北野の四人が、国鉄側で、警察からは、三上刑事部長、本多捜査一課長、それに、十津川が、出席した。

コーヒーだけが、出された。

「北野君に聞いたんだが、警察は、犯人の要求に応じる恰好をせよということだね？」

と、木本総裁が、きいた。

三上刑事部長は、肯いた。

「そうして頂ければ、必ず、犯人を逮捕してみせます」

「それなら、北野君。犯人の要求どおりの広告を出したまえ」

木本が、秘書の顔を見た。

「わかりました」

「二億円は、用意すべきかね？」

木本が、三上刑事部長に、きいた。

三上は、ちらりと、本多一課長と、十津川に、眼をやった。

「どうだね？　君たちの意見は」

「第一回目の時は、現金は用意しなかったんだろう？」

と、本多が、十津川に、きく。

「そうです。単なる悪戯と考えましたので、古雑誌で間に合わせました。しかし、今度は、できれば、現金を用意したほうがいいと思います」

十津川が答えると、木本総裁は、

「なぜだね？」

「どうやら、この犯人が、本気だと思えるからです。もちろん、われわれは、その二億円を、犯人に、むざむざ渡すような真似はしません。しかし、もし、二億円を用意できていないと、相手にさとられると、どんな行動に出てくるかわかりません。カッとなって、列車に、爆薬でも仕掛けられたら困りますから、最後まで、相手を信じさせたいのです」

「危険な犯人と思うかね？」

「犯人が、脅迫状に嘘を書いてないとしてですが、金のために、全く関係のない人間を殺すこと自体、異常です。普通の人間なら、殺せないでしょう。冷酷な男だと思います。だから、怒らせると何をするかわかりません」

と、十津川は、いった。

それでも、二億円の現金を用意すべきかどうかについては、議論が続出した。

強硬に反対したのは、後藤公安本部長である。

犯人の要求するままに、二億円の現金を用意すること自体、犯人に屈したことになるというのが、後藤の考えだった。駅や、列車内の安全を任務としている公安本部長とした
ら、当然の考えかもしれなかった。

それに、犯人の要求について、どう対処するかの最終決定は、国鉄がすることで、警察の権限ではない。

結局、木本総裁が、運輸大臣と相談することになった。

二十八日の朝刊に、「国鉄から、利用者の皆様へお願い」という広告がのった。

誰も、これが、脅迫犯人への返事とは、考えないだろう。

この時点で、運輸大臣は、現金二億円を用意することを、認めていた。

東京駅の一日の売りあげが、三億円前後だから、現金二億円を用意することは、簡単だった。

問題は、その二億円を、絶対に、犯人に渡してはならず、その上、犯人を逮捕しなければならないということである。その責任は、十津川たちの肩にかかっている。

二億円の現金は、二つのスーツケースに詰められ、総裁室に、置かれている。

十津川と、亀井も、総裁室に詰めることになった。いつ、犯人が連絡してくるか、わからないからである。

「犯人は、どう出てくるかね」

十津川は、亀井と顔を見合わせた。

「犯人は、国鉄が、警察と相談の上で、あの広告を出したと思うでしょうか？」

亀井が、きいた。

十津川は、肩をすくめて、

「そう考えるのが、自然だろうね。私が犯人だとしても、そう考えるよ。乗客が一人死んだからといって、国鉄本社が、簡単に、二億円も支払うはずがないからね」

「しかし、犯人は、金を欲しがるんじゃありませんか？」

「そうさ。だから、どう出てくるかに興味があるんだよ」

「犯人にとっても、われわれにとっても、スリルがあるというわけですね」

亀井が、ニヤッと笑った。

総裁室の電話が鳴ったのは、翌日の二十九日になってからだった。

6

午前十時を過ぎていた。

電話に出た北野に向かって、

「広告は見た」

と、男の声が、いった。

「それで、これから、どうすればいいんだ？」

「東京駅八重洲口のコインロッカーを見ろ。ナンバーは、１３６３だ」

「コインロッカー？　そこに何があるんだ？」

「いいから、開けてみろ」

「ロッカーのナンバーを、もう一度、教えてくれ。ゆっくりいってくれないと、メモがとれないんだ」

「テープをゆっくり回してみろ」

それだけいうと、男は、電話を切ってしまった。

北野は、舌打ちして、受話器を置くと、十津川に向かって、

「申しわけありません。もっと、引き延ばそうと思ったんですが」

「構いませんよ。犯人も、用心しているんです。それより、コインロッカーに、何が入っているか、調べてみようじゃありませんか」

十津川は、北野を誘って、総裁室を出た。

東京駅の八重洲口へ、足を運んだ。
今日も、コンコースは、大勢の乗客で、賑わっている。
マスター・キーを借りて来て、1363のコインロッカーを開けた。
中に入っていたのは、茶封筒が一通だけだった。
十津川は、その場では開けず、総裁室に持ち帰り、皆の見ている前で、開けた。
手紙が一通。それには、ワープロの文字が並んでいた。

〈総裁秘書の北野が、一人で、二十九日の寝台特急「さくら」に乗れ。
二億円を、五千万円ずつの束(たば)にして、布地のボストンバッグ四つに入れて、持ち込むこと。もし、警察が介入すれば、取引きは中止し、また、「さくら」の乗客を殺す。これは、脅しではない。

サムライと呼ばれた男〉

封筒には、二十九日の「さくら」の切符が同封されていた。
B個室寝台1号室の切符である。
終点の長崎までとなっていた。

「通称、カルテットと呼ばれるコンパートメントです」

と、北野がいった。

「カルテットというと、四人用のコンパートメントということですか？」

亀井が、きいた。

「そうです。大人四人が寝られます。内側から、カギがかかりますから、家族が、利用するには、便利ですよ。今、宣伝中といったところです」

「すると、この切符は、四人分ということですか？」

「三万六千円払えば、一人で利用されても、四人で利用されても、結構です。この切符は、1号室の利用の権利ということですから、四人分ということです」

「犯人も、かなりの出費をしたことになりますね」

「五千万円ずつに分けろというのは、どういうことでしょうか？」

北野が、きいた。

「いろいろ考えられますね」

と、十津川が、いった。

「犯人が、四人のグループということかもしれませんし、扱い易(やす)いように、小さくさせたのかもしれません」

「他のコンパートメントの利用状態は、どうなんだ？」

木本総裁が、北野に、きいた。

北野は、すぐ、東京管理局に電話を入れた。

犯人の指定したB個室寝台カルテットは、「さくら」の3号車一両だけで、1号室から8号室まで、八室である。

「現在までに、五室が売れて、三室が、残っているそうです」

と、北野は、電話を切って、木本に報告した。

「その中の一室を、確保しておいてください。なるべく、1号室に近いコンパートメントがいいですね」

と、十津川が、頼んだ。

四章　カルテット

1

十津川と、亀井は、北野から、「さくら」の3号車の図面と、問題のB個室寝台、通称、「カルテット」の写真を見せてもらった。

図面によれば、3号車の片側通路に面して、八つのコンパートメントが並んでいる。車両の出入口に近い方から、8号室、7号室と並ぶ。

犯人の指定した1号室は、一番奥の部屋である。

「2号室、3号室、4号室、5号室は、売れてしまっているので、お二人には、6号室の切符を用意しました」

と、北野は、いった。

「7、8号室は、空いているわけですね？」

　十津川が、確認した。

「空いています。この時間で、売れ残っていますから、乗客はないと見ていいと思います」

「1号室の切符を買ったのが、どんな人間か、わかりますか？」

「この切符は」

　と、北野は、封筒に入っていた切符を、テーブルの上に置いて、

「調べたところ、東京駅で、昨日の午後、売られたことが、わかりました。買ったのは、サングラスをかけた三十歳ぐらいの男としかわかっていません。係の者も、いちいち、客の人相を見て、切符を売るわけじゃありませんから」

「2号室から5号室までの乗客については、わかりませんか？」

「くわしいことは、わかりません。このカルテットは、三万六千円で、部屋の権利を買う形になります。それを、ひとりで使ってもいいし、二人でもいい。大人四人プラス、子供四人まで、入ることができます。もちろん、人数分の乗車券は、別に、買って頂かなければいけませんが」

「写真を見ると、このカルテットというコンパートメントは、中から、カギをかけられる

ようですね？」

「かけられます。私は、二億円を持って、1号室にいるわけですが、カギは、かけておきますか？」

と、北野が、きいた。

「もちろん、かけておいてください」

「しかし、そうすると、犯人が、現われないんじゃありませんか？」

「そんなことはないと思いますよ。犯人が、二億円を欲しければ、どんな方法を使ってでも、連絡してくるはずです」

と、十津川は、いった。

念のために、3号車乗務員室に車掌、その両側、2号車と4号車にも、刑事を二人ずつ、乗せることにした。

犯人が、3号車の出入口から逃げるとは限らない。いったん、他の車両に移ってから、列車を降りようとするかもしれないのである。

「どうも、犯人の意図がわかりませんな」

亀井は、何枚もの写真を見ながら、首をかしげている。

「二億円を、どうやって、手に入れるつもりか、わからないというんだろう？」

「さくら」3号車B寝台個室の構成

「そうです。コンパートメントの窓は、密閉式で開きません。乗務員室の窓は開きますが、そこには、車掌がいる。どうもわかりませんね。まさか、二億円入りのスーツケースを手に下げて、悠々と、ホームに降りられると思っているんじゃないでしょうね」

「もともと、罪もない乗客を殺すような犯人だから、常識外れなんだろう」

と、十津川は、いった。

午後四時になると、十津川と亀井は、東京駅の10番線ホームに、あがって行った。

亀井は、ベレー帽をかぶり、肩から、カメラをぶら下げている。

十津川のほうは、ショルダーバッグを下げていた。その中には、トランシーバーが入っている。もう一台は、北野に持たせてあった。

まだ、午後の陽差しが、ホームに射し込んでいる。

午後四時一〇分、一六時一〇分に、寝台特急「さくら」が、10番線に入って来た。

ブルーの車体に、白い細い線が入っている。優雅な姿には、事件の傷は、感じられなかった。

五千万円ずつ入った四つのボストンバッグを、重そうに両手に下げた北野が、3号車の1号室に入るのを見届けてから、十津川と、亀井も、3号車に、乗り込んだ。

出入口のところには、B寝台の文字と、星のマークが、四つ、書き込んである。

子供を連れた家族連れや、新婚風のカップルがいるのは、四人乗りのコンパートメントのためだろう。

十津川たちは、6号室に入った。

ドアを閉めると、十津川は、ショルダーバッグから、トランシーバーを取り出して、スイッチを入れた。

「聞こえますか？　北野さん」

と、呼びかけると、すぐ、北野の言葉が、返って来た。

「北野です。部屋に入って、カギをかけたところです」

「食事は、どうします？」

「食堂車には行けないので、駅弁を二つ買って来ました。それを食べて、この部屋に、籠城するつもりです」

「そうしてください。われわれも、駅弁ですませることにします」

「本当に、犯人が、連絡してくるんでしょうか？」

「してくるはずですよ」

と、十津川は、いった。

「駅弁を買って来ましょう」

亀井が、いった。

十津川は、トランシーバーをしまって、亀井も、通路に出た。

亀井が、駅弁を買いに、ホームに降りて行ったあと、十津川は、通路に立って、窓の外を眺めていた。

北野の隣りの2号室のアベックは、ホームで、十二、三人の仲間に囲まれて、ひやかされている。この「さくら」で、ハネムーンに行くのだろうか？

亀井が、駅弁四つと、お茶を持って、戻って来た。

「西本(にしもと)君たちも、乗り込みました」

と、亀井が、小声で、いった。

2号車には、西本と日下(くさか)の二人、4号車には、清水(しみず)と田中(たなか)の二人が、乗り込むことにしてあった。彼等も、トランシーバーを持っている。

専務車掌が来て、二人の切符に、鋏(はさみ)を入れて行った。

一六時三〇分。

定刻に、寝台特急「さくら」は、発車した。

2

十津川と、亀井は、コンパートメントに入った。

「なかなか、快適ですな」

と、亀井は、改めて、室内を見廻した。

四平方メートルほどの広さである。

上段のベッド二つは、固定式になっている。

下のベッドは、向かい合って作られていて、中央に、小さなテーブルがついているので、四人掛けのソファの感じだ。

背もたれを、前に倒すと、ベッドになる。

毛布や、寝巻、スリッパなども、四人分、用意されている。

壁には、鏡もついている。

このコンパートメントを、カップルで使えば、さぞ、快適だろう。

一六時五四分、横浜着。一分停車で、発車。

十津川は、トランシーバーで、北野に連絡をとったが、異常なしだった。犯人からの連絡もない。

次の沼津までは、一時間十九分ある。

十津川たちは、その間に、食事をすませることにして、駅弁を広げた。

「犯人は、本当に、あの二億円を取る気でいるんでしょうか？」

箸（はし）を動かしながら、亀井が、きいた。

「その気がなければ、こんな面倒なことは、しないさ」

「しかし、どうやって、取るつもりなんですかね？　犯人は、何か成算があって、この列車を、指定したんでしょうか？」

「犯人には、犯人なりの計算があるんだろうね」

と、十津川は、いったが、彼にも、犯人が、何を考えているのか、わからなかった。

第一、犯人が、コンパートメントの中にいる北野に、どうやって、連絡してくるのか、わからなかった。

新幹線なら、電話で、北野を呼び出して、次の指示を与えることができる。

しかし、この列車は、外から電話は、かからない。

とすると、犯人は、前もって、乗り込んでいるか、途中から、乗ってくる気なのだろう。どちらにしろ、北野に接触すれば、彼から、トランシーバーで、連絡してくるはずである。

「犯人にとって、有利な点が、一つあるよ」

と、十津川が、いった。

「どんなことですか？」

亀井が、きく。

「時間さ。この列車は、終着の長崎まで、二十時間近くかかるんだ。その間の、どこかで、仕掛けてくる気なのだろうが、その選択は、犯人の自由なんだ」

「われわれを、ずっと緊張させておいて、疲れた頃、仕掛けてくるつもりでしょうか？」

「その可能性が強いと、私は、思っているんだ」

3

十津川の予感は、当たったらしかった。

沼津、富士、静岡、豊橋、名古屋と停車しても、いっこうに、犯人が仕掛けてくる様子はなかった。

食堂車は、すでに、翌朝まで、営業を中断している。

二三時五七分、大阪着。

四分停車で、〇時〇一分に、発車。

時刻表によれば、次は、午前四時三二分の広島着まで、停車しないことになっている。

実際には、二時一七分に、岡山駅に、また、三時二三分に糸崎駅に停車するが、これは、いわゆる運転停車（二分）で、機関士の交代や、給水などが行なわれる。しかし、乗客の乗り降りはなく、ドアも、開かない。

「次は、広島ですか」

亀井は、腕時計に、眼をやった。

「あと、四時間半だ」

「他の乗客は、もう、眠っているでしょうね」

「それが、犯人の狙っている時間かもしれないね。列車全体が、眠っていれば、列車内で動き廻っても、怪しまれないからね」

十津川は亀井にいい、トランシーバーで、1号室の北野にも、注意を与えた。

「犯人が、動くとすれば、広島までの四時間半だと思います。注意してください」

「私も、そう思います」

と、北野も、いった。

「部屋のカギは、かけてありますか？」

「大丈夫です。ちゃんと、かけてあります」

「眠くは、ありませんか？」

「緊張しているせいで、全く、眠くありませんね。何かあれば、すぐ、そちらに、連絡します」

北野は、元気な声で、いった。

次に、2号車と4号車にいる西本や、日下たちにも、トランシーバーで、連絡をとった。

四人は若いだけに、張り切っている。交代で、3号車との間のデッキを見張るという。

これなら、犯人が、別の車両からやって来て、また、逃げて行くことはないだろう。

「少し、警戒が、厳重すぎるかな」

十津川は、逆に、そのほうが心配になってきて、亀井に、いった。

「そうですね。あまり、警戒しすぎると、犯人が、姿を見せない恐れがありますね」

と、亀井は、いってから、

「しかし、あの二億円は、絶対に、犯人に渡してはなりませんからね。このくらい警戒して、丁度いいかもしれません」

「そうだな」

と、十津川も、肯いた。

ただ、こちらから動けないのは、辛い。相手が、仕掛けてくるのを、じっと、待っていなければならないからである。

すでに、周囲は、深い闇に包まれている。

十津川は、窓のカーテンを、開けてみた。

遠くに、黄色い家の明かりが、ちらついて見え、それが、ゆっくりと、後に流れて行く。

突然、轟音を立てて、上りの列車が、すれ違う。

午前二時一七分、岡山停車。

ホームには、青白い蛍光灯の光が輝いているが、乗客の姿はない。

駅員が、動いているだけである。

二分停車で、再び、「さくら」は、動き出した。

十津川は、北野に連絡をとってみたが、いぜんとして、何の連絡もないと、いう。

2号車と4号車の刑事たちからも、異常なしの報告が入った。

午前三時を過ぎた。が、相変わらず、何の動きもない。

犯人は、警察が動いているのを知って、二億円奪取を諦めたのだろうか？

だが、脅迫状の文面を見た限りでは、自信満々の犯人で、簡単に、計画を放棄するとは考えられない。

午前三時二三分、糸崎着。

ここも、二分間の運転停車である。ドアは開かないし、もちろん、乗客は、乗り降りしない。

再び、九州に向かって、列車は、走り出した。

次は、広島である。

犯人は、広島から、乗り込んでくるのだろうか？

（わからないな）

と、十津川が呟いた時、彼は、急に、頭が重くなって来たのを感じた。

何かを考えようとしても、うまくいかない。

（何なんだ？）

亀井に眼をやる。

亀井の眼も、うつろになっていた。

（畜生！）

十津川は、立ち上がり、トランシーバーに、手を伸ばそうとした。が、身体が、思うように、動かなかった。

（くそ！）

と、胸の中で、叫ぶ。

十津川の身体が、床に落ちた。身体が、重くなりすぎている。鉛（なまり）のように、動かない。

4

身体の調子の悪い時や、精神的に参ってしまった時、十津川は、奇妙に、同じ夢を見る。

得体の知れない何かに追いかけられている夢である。時には、それを、追いかけていることもある。

途中で、自分が、今、夢を見ているのだと、気付くのだが、眼をさまそうとして、必死になる。だが、眼がさめない。

今度も、十津川は、早く眼をさまそうと焦りながら、夢の中で、もがいていた。

やっと、眼が開いた。

（夢だったのか）

と、まだ、もうろうとしている頭で考え、一瞬、ほっとしたが、すぐ、倒れたときのことを、思い出した。

振り返ると、亀井は、まだ、床に倒れたままである。

何が起こったのか、まだ、十津川には、わからない。突然、猛烈な睡魔に襲われ、倒れてしまったことだけは、思い出した。

（二億円——）

と、反射的に思った。

北野は、どうしているのだろうか。

ベッドに、しがみつくようにして、身体を起こすと、十津川は、トランシーバーに、手を伸ばした。

スイッチをONにして、叫んだ。

「すぐ来てくれ！」

その声が、やけに、か細く、頼りなく聞こえた。

また、意識が、鈍（にぶ）ってくる。

通路に、足音が聞こえた。ドアが開く。若い日下や、西本の顔が現われた。

「どうされたんですか？　警部」

彼等の声が、やけに、遠くから聞こえる。

「1号室を見て来い！」

と、十津川は、怒鳴った。いや、自分では、怒鳴ったつもりだった。

他の二人の刑事も、駈けつけて来た。

亀井刑事が、低いうなり声をあげて、起き上がった。

「コーヒーを持って来てくれ」

と、十津川は、いった。

1号室を見に行っていた日下刑事たちが、顔色を変えて、戻って来た。

「やられてます！」

「北野さんが、どうかしたのか？」

「北野さんは、眠ってしまっています。二億円を詰めたボストンバッグがありません！」

「くそ！」

十津川は、怒鳴った。怒鳴るというより、呻(うめ)いたと、いったほうがいいかもしれない。

清水刑事が、紙コップに入ったコーヒーを両手に一つずつ持って来てくれた。

それを、無理矢理、のどに、流し込んだ。

亀井刑事も、ベッドの上に腰を下ろすと、

「どうなってるんだ？」

と、かすれた声を出した。

「やられたよ。カメさん」

十津川が、いい、コーヒーの残りを、亀井に渡した。

十津川は、立ち上がった。

少しずつ、意識が、はっきりしてくる。足がふらつく。吐き気がする。

日下刑事と一緒に、1号室に行ってみた。

ドアは、開いていた。1号室に残っていた西本刑事が、十津川を見て、

「どこにもありません。二億円が、消えています」

と、いった。

「北野さんは、どうなんだ？」

「眠っているだけですから、大丈夫だと思います」

「二億円は、本当に無いのか？」

「上のベッドも調べましたが、消えています」

と、西本が、いう。

「今、どの辺りを走ってるんだ？」

「わかりませんが、午前五時半です」

5

十津川は、まだ、事態が、よく呑み込めなかった。

わかったのは、原因は不明だが、自分も亀井刑事も、眠ってしまった。北野も眠ったらしく、その間に、二億円が消えたということだけである。

十津川と、亀井は、奥の洗面所へ行き、冷たい水で、何度も、顔を洗った。

北野も、起き上がった。

彼にも、事態が呑み込めないように見えた。

だが、二億円が消えてしまっているのを知ると、呆然としてしまった。

「どうしてしまったんですか？」

北野は、真っ青な顔で、十津川に、きいた。

「私にも、よくわからないのです」

十津川が、首を振りながら、いったとき、専務車掌が、入って来た。

「どうしたんですか？」

と、車掌も、きく。

「あなたは、どうもありませんか？」

十津川は、逆に、きき返した。

車掌は、変な顔をして、

「何がですか？」

「眠くなったことは？」

「いや、そんなことは、ありません」

「じゃあ、他のコンパートメントを、開けてください。他の乗客が、心配ですからね」

「何があったんですか？」

と、車掌が、また、同じことをきいた。

「それを、今、考えているんです」

十津川は、難しい顔で、いった。

車掌が、マスター・キーを使って、他のコンパートメントのドアを開けていった。

2号室、3号室、4号室、それに、5号室の乗客たちは、全員、眠りこけていた。その中には、子供もいる。

「病院の手配が、必要だな」

と、十津川は、いった。

切符の売れていない7号室と、8号室を、十津川は、調べてみた。

一番端の8号室に入った時、最初に眼に入ったのは、天井に近いところにつけている換気孔の蓋が、外れて、ぶら下がっていることだった。

蓋は、四隅を鋲でとめてあるのだが、その鋲が一カ所をのぞいて外されているために、蓋が、落ちかかっているのである。

蓋には、はちの巣のように穴が開いていて、そこから、新鮮な空気が、コンパートメントに、吹き出すようになっているのだろう。

「調べてみてくれ」

と、十津川がいい、若い清水刑事が、上段のベッドにあがり、蓋のとれかかった換気孔の中に、手を入れた。

「何か、入っています」

「何だ？」

「ちょっと待ってください」

清水は、なおも、手を突っ込んで調べていたが、小型のボンベを取り出した。

小型といっても、四、五十センチはある。

清水は、鼻を近づけて、匂いを嗅いでいたが、

「どうやら、病院が、麻酔に使うガスが入っていたようですね」

「今は？」

「空になっています」

と、清水が、いった。

だんだん、事情が、わかって来た。

カルテットと呼ばれるコンパートメントは、通路に沿って、一列に、並んでいる。

部屋には、同一の場所、天井に近いところに、換気孔がある。

換気孔は、全部、つながっているわけである。

だから、端の部屋の換気孔から、エーテルのボンベを突っ込み、吹き出させれば、全部のコンパートメントに、エーテルが、入っていくことになる。

乗務員室とは、つながっていないので、専務車掌は、無事だったのだ。

犯人は、そうしておいてから、1号室に忍び込み、二億円を持ち去ったに違いない。

「糸崎に運転停車したあとは、広島に停まっただけですね？」

と、十津川は、車掌に、確かめた。

「そうです。四時三二分に、広島に着いて、二分停車しただけです」

と、車掌が、いう。

十津川は、糸崎に運転停車したのは、覚えている。

そのあと、気を失ったのだ。だから、犯人が、二億円を持って逃げたのは、広島駅に違いなかった。

「広島で、この3号車から、降りた人はいますか？」

と、十津川は、車掌にきいた。

6

「いや、誰も降りません」

車掌が、はっきりと、いった。

十津川は、日下たちを見て、

「君たちはどうだ。3号車から、他の車両へ、移って行った人間がいたか？」

「いや、いませんね」

と、日下や、清水たちが、答えた。

「それは、間違いないね？」

「間違いありません。広島に着いた時は、特に見張っていたんですが、3号車から、移ってくる乗客は、一人も見ませんでした」

「逆に、他の車両から、3号車に、入って行く客は、見なかったかね？」

「それもありません」

「じゃあ、誰が、われわれを眠らせたり、二億円を持ち去ったりしたんだ？」

十津川は、若い刑事たちの顔を見廻した。

彼等も、わけがわからないという顔で、黙っていた。

「トイレを調べてくれ」

と、亀井が、いった。

3号車には、トイレが二つある。日下と、西本の二人が、車掌と一緒に調べに行ったが、戻ってくると、十津川に向かって、首を振った。

「誰も入っていません」

「他に、人間が、隠れられる場所はありませんか？」

十津川は、車掌にきいた。

「更衣室が、乗務員室の横にありますが、今、見たら、誰もいませんでした」

「すると、犯人は、煙のように入って来て、煙みたいに、消えてしまったのか？」

十津川は、難しい顔を、いよいよ難しくした。

「犯人は、2号室から5号室までの乗客の中にいるんじゃありませんか？」

亀井が、いう。

「まだ、眠っているのか？」

「一人か二人は、気が付いた乗客もいるようです」

と、日下が、いった。

「もし、彼等の中に、犯人がいるとすれば、二億円は、まだ、そのコンパートメントにあるはずだ。丁重(ていちょう)に断わってから、調べてきてくれ」

十津川がいい、四人の刑事たちが、2号室から、5号室までを、調べて廻った。

寝台特急「さくら」は、その間も、走り続けている。

すでに、夜は明けていた。

（まんまと、犯人は、二億円を持ち去ってしまったのだろうか？）

十津川は、窓の外の景色に眼をやった。

四人の刑事が、戻って来た。

「どのコンパートメントにも、二億円は、ありません」

と、彼等は、元気のない声で、十津川に、報告した。

十津川は、唇を噛んだ。やはり、犯人にしてやられてしまったのか。

犯人は、麻酔ガスを使って、3号車の乗客全員を眠らせた。

ここまでは、はっきりしている。

そのあと、犯人は、1号室に入り、四つのボストンバッグに入った二億円の札束を、盗み出した。犯人は、予行演習をかねて、犯行以前に、「さくら」に乗り、その時に、1号室の合鍵を作っておいたのだろう。

問題は、そのあと、どうしたかである。

2号車と、4号車に張り込んでいた日下刑事たちは、3号車に入った人間もいないし、3号車から、移って来た人間もいないといっている。

彼等の言葉は、信用していいだろう。

と、すると、犯人は、他の車両に、逃げ込んでもいないのだ。

（やはり、広島駅で、降りてしまったのか？）

十津川は、専務車掌に、もう一度、会った。

「広島で、降りた乗客は、いなかったんですね？」

「3号車から降りた乗客は、いませんでした。これは、ホームに降りて見ていたので、間違いありません」

「乗った人もいないんですね?」

「そうです」

「しかし、3号車のドアは、開いたわけでしょう?」

「もちろんです」

「そのドアから、誰かが、ホームにいる人間に、何か渡したということは、ありませんか? 布製のボストンバッグを」

十津川がきくと、車掌は、首を振って、

「そんなことは、全く、ありませんでしたよ。もし、あったら、すぐ、わかりますからね」

「そうでしょうね」

と、十津川は、肯いた。

列車は、徳山(とくやま)に着いた。ここは、二分停車である。

車掌が、駅員に連絡し、3号車の乗客の中から、子供連れの3号室の家族だけを、ホームに降ろし、近くの病院へ運ぶことになった。

この家族の名前と住所は、亀井が、しっかりと、メモした。

他のコンパートメントの乗客の名前と住所も、メモにとった。

2号室は、若いカップル。4号室は、中年のカップル。5号室は、男の学生の四人連れである。

彼等は、まだ、もうろうとしているが、大丈夫のようだった。

念のために、次の小郡(おごおり)駅から、医者に乗って来てもらうことにして、「さくら」は、徳山駅を発車した。

十津川は、通路に出て、煙草をくわえた。

亀井が、傍にやって来て、

「参りましたね」

と、呟いた。

「しかし、密室だったはずだ――」

「は？」

「二億円があった1号室がさ。いや、この3号車全体といってもいい。密室だったんじゃないかね。それなのに、二億円が、消えてしまった。いや、消えてしまったみたいに見える――」

7

十津川は、いぜんとして、鈍く重い頭に、顔をしかめながら、必死に考えようとした。

犯人は、空(あ)いている8号室に入り込み、天井の換気孔を開け、そこから、ボンベに入ったエーテルを、吹き込んだ。

そのために、他のコンパートメントにいた乗客は、意識不明に落ち込んだ。

頃合いを見はからって、犯人は、北野のいる1号室に入り、二億円の現金を盗み出した。

ここまでは、事実だろう。

問題は、そのあとである。

犯人は、二億円の現金を持って、どうやって、逃亡したかである。

この列車が、午前三時二三分、糸崎に運転停車した時は、何事もなかった。

二分停車で、発車した直後に、気を失ったのだ。

換気孔は、つながっているから、1号室の北野が、気を失ったのも、ほぼ、同時刻と、みていい。

とすると、犯人が、1号室に入って、二億円入りの四つのボストンバッグを盗み出したのは、糸崎を発車したあとである。

（ここまでは、間違っていない）

と、十津川は、自分に、いい聞かせた。

十津川が、気が付いた時、列車は、広島を出て、すぐだった。

犯人が、二億円を持って逃げたとすれば、この広島駅しかないのである。あとは、走る列車から、ドアを開けて、飛び降りるしかないからである。

しかし、専務車掌は、広島駅では、3号車のカルテットからは、誰も降りなかったという。

その言葉を裏書きするように、2号室から5号室までの乗客は、誰もいなくなってはいなかった。全員が、エーテルを嗅いで、意識を失っていた。

しかも、2号車と4号車には、刑事が二人ずついて、監視していたから、犯人が、二億円を持って、3号車から移って行くこともできない。

したがって、犯人は、まだ、3号車に乗っているし、二億円も、3号車のどこかに、あることになる。

理屈は、そうなるのだ。

だが、二億円は、消えている。

まず考えられるのは、共犯者が、山陽(さんよう)本線の沿線に待ち構えていて、犯人が、ボストンバッグに入れた二億円を、列車の外に、落としたということである。

寝台特急(ブルートレイン)の客室の窓は、密閉式だから、開くことはない。

通路側の窓も、同様である。

トイレの窓は、小さく開くが、この狭い隙間から、ボストンバッグは、投げ捨てることはできない。

ドアは、無理に開ければ、列車が、止まってしまうだろう。

唯(ただ)一つ、開くのは、乗務員室の窓である。

もし、乗務員室にも、エーテルが流れ、専務車掌が、気を失っていたら、間違いなく、犯人は、乗務員室の窓を開け、そこから、二億円入りのボストンバッグ四つを、投げ落としたはずである。

時間さえ、しめし合わせておけば、外で待つ共犯者が、その四つのボストンバッグを手に入れるのは、難しくはないだろう。

だが、乗務員室に、エーテルは流れず、専務車掌は、無事だった。とすれば、この推理は、当たっていないことになる。

（専務車掌が、犯人でない限り、犯人も、二億円も、まだ、この3号車に、残っているのだ）

と、十津川は、考えた。

8

寝台特急「さくら」は、小郡に着いた。

ここで、医者と、看護婦が、乗って来て、十津川たちを、診察してくれた。

麻酔が切れた状態と同じだから、静かに寝ていれば、心配はないということだった。

気分が悪いという乗客には、薬をくれたが、十津川も、亀井も、北野も、貰わなかった。

薬を飲んで、ベッドに寝てなど、いられなかった。

犯人に、眠らされ、そのうえ、二億円を、まんまと、奪われたでは、すまなかったからである。

三人は、1号室で、話し合った。

「専務車掌が、犯人で、共犯者がいるとすれば、一番、うまく、説明がつきます」

十津川がいうと、北野は、びっくりした顔で、

「あの渡辺(わたなべ)車掌がですか？」

「そうです」

「しかし、彼は、国鉄一筋に、生きて来た男ですよ。もちろん、私生活については、僕は何も知りませんが」

「私は、可能性を、いっているんです。渡辺というんですか。彼が犯人だとすれば、空いている8号室に入り、換気孔を開けて、ボンベからエーテルを吹き出させることは、簡単だったと思います。コンパートメントを開けるカギを持っていますからね。そして、頃合いを見はからって、1号室に入って、あなたから、二億円を取りあげる。乗務員室の窓は開きますから、時刻を合わせて、四つのボストンバッグを、投げ捨てる。車掌なら、何時に、どこを走っているかは、一番よく知っているはずです。共犯者と、打ち合わせておけば、四つのボストンバッグを、回収するのは、簡単だと思いますね。そうしておいて、素知らぬ顔をしているのかもしれない」

「僕には、そんなことは、考えられませんが」

北野は、あくまで、渡辺専務車掌のシロを確信しているようだった。

「私も、可能性をいってるだけです」

と、十津川は、いった。

「ですから渡辺専務車掌は、そちらで、調べてくれませんか」

「わかりました」

「彼が、犯人でない場合ですが、そうなると、犯人は、カルテットの乗客の中にいることになります」

「2号室の若いカップル、3号室の子供連れ、4号室の中年の二人連れ、それに、5号室の四人の学生の中にということですね？」

「そうです。彼等のことは、われわれが、調べます。どうやら、全員、住所が東京ですから」

と、十津川は、いった。

「その場合、二億円は、どこにあるんですか？」

「まだ、この3号車のどこかに、隠されていると思いますね。乗務員室の窓以外は二億円を、外に投げ落とすところは、ありませんから」

「すぐ、探しましょう」

北野は、あわてて、立ち上がって、室内を見廻した。

十津川は、腰を下ろしたまま、

「あわてなくても、大丈夫です。今、二億円が、この3号車にあるとすれば、誰も、持って、逃げられませんからね、ゆっくり探せばいい」

と、いった。

乗客の中で、3号室の子供連れだけが、徳山で降りたが、住所と名前は、聞き出している。父親の名前と住所は、持っていた運転免許証で、確認したから、間違いないだろう。

あと八人の乗客は、いずれも、終着の長崎までの切符を持っていた。

所持品も、調べさせてもらったが、二億円は、見つからなかった。

「あの乗客の中に、犯人がいるんでしょうか？」

黙っていた亀井が、首をかしげながら、十津川を見た。

「渡辺車掌が、犯人でなければ、このカルテットの乗客の中に、犯人がいることになるよ」

と、十津川は、いった。

「しかし、私の感じでは、それらしい人間はいない感じですが」

「人間は、感じではわからないものさ」

「それはそうですが、もし、乗客の中に、犯人がいるとすると、われわれに、がっちり、顔を見られてしまったわけです。それに、住所、氏名も、わかってしまう。どうも、犯人としたら、間抜けだなと、思うんですが」

亀井が、いった。

「カメさんのいうことは、よくわかるよ。犯人は、計算違いをしたんじゃないかな」

「と、いいますと？」

「犯人は、換気孔を利用し、エーテルを流せば、乗務員室の車掌も、眠らせることが、できると、思い込んでいたんじゃないかね。犯人が、そう思い、そうなっていたら、この計画は、成功していたはずだよ。犯人は、広島に着くまでに3号車の乗客全員と、車掌を眠らせてしまう。そうしておいて、今もいったように、乗務員室の窓を開けて、四つのボストンバッグに入れた二億円を、投げ落として、共犯者に拾わせる。そのあと、広島駅に着いたら、ドアを開け、悠々と、降りてしまう。これで、二億円は、手に入り、自分も、逃げられたはずなんだ」

「ところが、乗務員室に、エーテルが、流れなかった――」

「そうなんだ。コンパートメントの窓は開かない密閉式だから、換気孔が必要だが、乗務員室の窓は開く。だから、換気は、いつでもできるんだよ。それで、犯人の計画が失敗したということも、考えられるんだがね」

9

「もし、警部のいわれるとおりだと、犯人は、あわてたでしょうね？」

北野が、十津川に、きいた。

十津川は、肯いて、

「多分そうだと思います。これは、もちろん、渡辺車掌が、犯人ではないとしての推理ですがね」

「あわてて、犯人は、どうしたと思いますか？」

「二億円の入ったボストンバッグを、乗務員室の窓から投げ落とせないので、犯人は、この3号車のどこかに、一度隠したと思いますね。それに、広島駅では、専務車掌が見張っているので、降りて、逃げることができない。と、いって、他の車両に逃げ込むことも、両側の2号車と4号車に、刑事がいるから不可能です。そこで、犯人は、自分も、エーテルを嗅いで、被害者を装うことにしたと、思いますね」

「それで、乗客の中に、犯人がいるということになるわけですね」

「そうです。渡辺車掌が犯人でなければ、犯人は、3号車の乗客の中にいますね」

「いずれにしろ、犯人は、限定されるわけですね。それなら、もう、逮捕したも、同じです」

亀井が、嬉しそうに、いった。

それを聞いて、十津川は急に、不安になった。

犯人が、失敗したとしても、少しばかり、上手すぎると思ったからである。

「本当に、二億円は、この車両のどこかに、隠されているんですか？」

北野が、きいた。

北野にしてみれば、一刻も早く、二億円を見つけ出して、それが無事だということを、国鉄総裁に、報告したいのだろう。

十津川は、落ち着いていた。

「もし、渡辺車掌が犯人なら、二億円は、もう、この車両にはなくて、共犯者の手に渡ってしまっていると思います。違うなら、この車両のどこかです。いずれにしろ、犯人は、逮捕できますよ」

「それは、そうですが――」

北野は、明らかに、いらだっている。

列車は、宇部を、出た。午前七時〇一分である。

次の下関まで、四十一分間、停車しない。

「それでは、全員で、もう一度探すことにしましょう」

と、十津川は、いった。

日下たち四人も、呼ばれて、3号車の隅から隅まで、探すことになった。

2号室、4号室、5号室にいる乗客には、理由を話して、協力してもらうことにした。

各コンパートメントのベッドの下や、上段のベッドなどが、最初に、調べられた。が、
二億円入りのボストンバッグは、出て来なかった。

トイレ、更衣室などにも、隠されていない。

念のために、乗務員室も探させてもらった。が、結果は、同じだった。

十津川と亀井と北野の三人は、6号室に入った。

「ありませんね」

疲れた顔で、北野が、いった。

「いや、まだ、調べてないところがありますよ」

と、十津川が、いった。

「どこですか？　全部、探したと思いますが」

「例の換気孔です」

「しかし、あそこには、犯人が、エーテルのボンベを押し込んで――」

「そうです。だから、盲点なんです。あの換気孔は、1号室から8号室までのコンパートメントを貫いているわけですから、十分に、四つのボストンバッグを押し込めるはずですよ」

「じゃあ、どの辺りに、入っているんでしょうか？」

「犯人は、どのコンパートメントからでも、押し込めたわけですよ。この部屋にも、換気孔の蓋があって、ねじを外せば、いいわけですからね。それに、8号室の換気孔をのぞいた時、エーテルのボンベしか見つからなかったところをみると、8号室から見て、一番奥に、押し込んであると、考えていいんじゃありませんか」

「すると、1号室の？」

北野が、思わず、声を大きくした。

「そうです。調べてみましょう」

十津川がいい、1号室に入って行った。

専務車掌の渡辺に、ドライバーを借りて、換気孔の蓋を取り外した。

北野は、上段のベッドに上がり、手を、換気孔に、突っ込んだ。

その顔は、急に、輝いた。

「ありましたよ！」

大声をあげ、ボストンバッグを引きずり出した。

力あまって、床に落ちた。亀井が、バッグを開けてみた。

「ちゃんと、入っていますよ」

と、亀井が、いった。

あと、三つのボストンバッグも、次々に、換気孔から、出て来た。

二億円は、無事だったのだ。

北野は、喜色満面だった。

「これで、渡辺車掌が、犯人じゃないことは、はっきりしましたね」

と、北野が、いった。

「容疑者も、限定されたんじゃありませんか」

亀井も、嬉しそうに、いった。

そんな中で、十津川だけが、逆に、難しい表情になっていった。

五章　罠をかける

1

寝台特急「さくら」は、肥前山口で、長崎行と、佐世保行に、切り離された。

問題のB寝台カルテットを含む、八両編成の長崎行は、佐世保行よりも、一足早く、午前一〇時二四分に、肥前山口駅を発車した。

東京駅から乗って来た四人の車掌も、ここで、二手に分かれる。

カルテットの乗務員室に乗っていた渡辺専務車掌と、一枝車掌長が、そのまま、長崎まで、同乗した。

「罠をかけましょう」

と、十津川は、1号室の中で、北野に、いった。

「どうするんですか?」

北野は、真剣な眼で、十津川を見た。

「犯人は、あとになってから、二億円を取り出す気だったと思います。だから、このボストンバッグは、もとのとおり、1号室の換気孔の中に、押し込んでおきましょう。もちろん、現金の二億円は、抜いてです」

「犯人は、いつ、二億円を、取り出す気でいるんでしょうか?」

と、北野が、きく。

「この列車が、長崎に着くのは、一一時五二分でしたね?」

「そうです。肥前山口で分かれた佐世保行のほうは、一一時三三分に、佐世保に着きます」

「そのあとは?」

「この列車についていえば、長崎の機関区、客車区で、ひと休みしてから、上りの『さくら』になります」

「すると、その間に、このカルテットに入り込んで、二億円を取り出す気だったのかもしれませんね」

と、亀井が、いった。

「しかし、その間、この車両は、長崎客車区に置かれています。一般人が、近づくのは、難しいですよ」

と、北野が、首をかしげた。

「しかし、車掌なら、近づけるんじゃありませんか？」

「警察は、まだ、車掌を疑っているんですか？」

北野は、憮然とした顔で、亀井を見、十津川を見た。

十津川は、冷静に、

「われわれは、あなただって、疑っていますよ」

「え？」

「それは、冗談ですが、可能性のある人間は、全て疑うのが、われわれの仕事ですからね。この原則を、崩して、ほぞを噛んだことが、何度もあるんです」

「しかし、車掌が、もし、犯人なら、二億円は、乗務員室の窓から、投げ捨てて、共犯者に、拾わせているはずだと、おっしゃったじゃありませんか」

「確かに、いいましたし、今でも、そう思っています。密室状態にあるこの車両の中で、出口といえば、乗務員室の窓だけですからね。しかし、ひょっとすると、われわれが考える逆を犯人は、やろうとしているのかもしれません。それに、共犯者がいなければ、車掌が犯人だとしても、走行中の列車から、二億円は、投げ捨てないでしょう」

十津川が、いうと、北野は、小さな溜息をついた。

「あまり、警察の人を、親戚に持ちたくないですね」

「そうですか」

とだけ、十津川は、いい、すぐ、先に進んだ。

「この列車は、長崎の車両基地で、ひと休みしてから、上りの『さくら』になって、引き返すということですが、長崎で、換気孔まで、掃除するということが、あるんですか?」

「いや、そこまでは、やらないはずです。時間が、ありませんからね」

「とすると、犯人は、引き返す『さくら』の車両で、取り出そうと考えているのかもしれません。その二段階で、罠を張ってみましょう」

「犯人は、取り出そうとすると、思いますか?」

「恐らくね。何しろ、二億円です。それに、われわれを、まんまと眠らせ、二億円を、見事に、換気孔に隠せたと思っているでしょう。それなら、必ず、この二つの段階のどちらかで、取り出そうとするはずです」

と、十津川は、いった。

2

長崎には、定刻の一一時五二分に着いた。

肥前山口から、長崎までの間に、二つの駅に停車する。その間に、日下刑事たちが、二億円の札束の代わりに、ボストンバッグに詰めるものを集め、二億円も、別の入れ物に収納した。

長崎で、カルテットの他の乗客も、全員が降りた。

2号室の若いカップルは、今日から、三泊四日で、九州周遊旅行をするのだという。

「今夜は、長崎市内に、一泊しますわ」

と、女性のほうが、十津川に、いった。

4号室の中年のカップルのほうは、二泊で長崎観光だという。

5号室の四人連れの若者たちは、長崎・佐世保を廻るのだといった。

長崎駅の横には、大きな車両基地が広がっている。

長崎客車区、長崎機関区、それに、長崎貨車区である。

十津川たちの乗って来た寝台特急「さくら」は、機関車と、客車が、切り離されて、それぞれの待避線に入って行った。

ここで、簡単な整備点検が行なわれ、一六時発の上りの寝台特急「さくら」に、なるのである。

東京から、交代せずに乗務して来た二人の車掌は、長崎で一泊することになっていた。

十津川たちは、北野に頼んで、長崎客車区の事務所に入れてもらった。

工場にあがると、ずらりと並んでいる車両が、一望できた。

彼等が乗って来た八両の青い車両も、すぐ近くに、疲れた身体を横たえている。

作業服姿の男たちが、車体を洗ったり、点検作業をしたりしている。

彼等が、カルテットの中に入って行くと、十津川たちは、じっと、眼をこらした。

だが、何かを手に持って出てくる作業員はいなかった。

北野が、駅舎から、戻って来た。

「今日の上りの乗客のことを、調べて来ましたよ」

と、彼は、いった。

「問題のカルテットの売れ具合は、どうですか？」

十津川が、きいた。

「今日の分は、三室だけ、売れています」

「1号室も？」

「ええ、1号室、4号室、5号室です。それから、2号室、3号室は、博多から切符が、売れています。全て、東京までです」

「われわれも、来た時と同じように、カルテットに、乗って行きたいですね」

「そう思ったから、6号室の切符を、用意しておきました。それに、両側の2号車と、4号車に、二つずつの席も、確保しておきましたよ」

「1号室の切符を買ったのは、どんな人間かわかりませんか？」

十津川が、きくと、北野は、首を振って、

「そこまでは、わかりません」

「渡辺専務車掌たちは、どうしていますか？」

亀井が、きく。北野は、嫌な顔をして、

「相変わらず、疑っているんですか？」

「犯行が可能だった二人ですからね」

「宿舎に問い合わせたら、二人の車掌とも、風呂に入ったあと、すぐ、眠ってしまったそうですよ。東京から長崎まで、二十時間近い勤務をして来たわけですから、当然でしょう」

「そうでしょうね」

と、十津川は、肯いた。

自分たちは、エーテルによって、眠らされてしまったが、東京から長崎まで、ほとんど一睡もせずに、勤務してくれれば、とにかく、眠りたいだろう。

十津川たちは、駅弁を買って来て、交代で、昼食をすませた。

問題のボストンバッグが、盗み出される気配は、いっこうになかった。

上りの寝台特急「さくら」の出発時刻が近づくと、八両の客車は、客車区を離れ、ゆっくりと、長崎駅のホームに、動いて行った。

移動する間に、日下刑事が、作業服を借りて、乗り込み、カルテットの1号室に入り込んでみたが、換気孔の中から、ボストンバッグは、盗み出されていなかった。

どうやら、犯人は、長崎から、東京までの間に、二億円を、盗み出そうと考えているようだと、十津川は、思った。

二十時間近くあれば、ゆっくりと、盗み出せると、考えているのだろう。

十津川と亀井は、入線した「さくら」に、いち早く乗り込むと、通路に立って、問題の1号室に、どんな客が乗り込むのか、注視していた。

4号室と5号室の乗客は、早々と、乗り込んだが、1号室だけは、なかなか、乗客が、やって来なかった。

五十歳ぐらいの男が、あたふたと、乗って来たのは、発車間際になってからである。

中肉中背で、平凡な顔立ちの男だが、十津川が注目したのは、彼が、大きなトランクを持っていたことだった。

ブルーのトランクで、底に、小さな車輪がついている。それを、ごろごろと、転がしながら、やって来たのである。

通路に立っている十津川と亀井を、ちらりと見てから、1号室に行った。

「あの大きさのトランクなら、二億円ぐらい入るんじゃありませんか」

亀井が、小声で、いった。

3

一六時〇〇分。

上りの寝台特急「さくら」は、定刻に、発車した。

1号室は、中年の男が入ったきりで、他の乗客が、乗って来る気配は、なかった。

車掌が、車内改札に、廻って来た。

広瀬という五十歳の車掌長だった。

「北野さんから、十津川さんたちのことは、伺っています」

と、広瀬は、微笑した。

その北野は、同じカルテットの7号室に入っていた。

「あの車掌は、信頼できますよ」

と、北野が、いった。

「しかし、車掌同士で、しめし合わせてということも、考えられますよ」

十津川が、いった。

北野は、肩をすくめて、

「下りの渡辺専務車掌が、二億円を、1号室の換気孔の奥に隠し、上りの広瀬車掌長が、それを、盗み出して、あとで、山分けする気だというわけですか？」

「同じ東京車掌区に所属しているわけでしょう？」

「確かに、そうですがね。二億円は、前の殺人事件に関連してくるわけでしょう？」

「そうです」

「それなら、渡辺専務車掌も、広瀬車掌長もシロですよ。乗客が殺された時の『さくら』に、二人とも、乗務していなかったんですから」

上り「さくら」時刻表

〈長崎発〉		〈佐世保発〉	
長　崎	16:00発		
↓			
諫　早	16:21着		
↓			
小長井	16:42着	佐世保	16:30発
↓		↓	
肥前鹿島	17:16着	早　岐	16:40発
↓		↓	
肥前山口	17:36着 17:46発	肥前山口	17:32着
↓			
佐　賀	17:59着		
↓			
鳥　栖	18:22着		
↓			
博　多	18:49着		
↓			
小　倉	19:48着		
↓			
門　司	19:56着		
↓			
下　関	20:10着		
↓			
宇　部	20:52着		
↓			

駅	時刻	備考
小　郡	21:15発	
↓		
徳　山	21:52着	
↓		
広　島	23:21着	
↓		
(糸　崎)	0:33着	(運転停車)
↓		
(岡　山)	1:39着	(運転停車)
↓		
大　阪	3:57着	
↓		
京　都	4:36着	
↓		
名古屋	6:30着	
↓		
豊　橋	7:28着	
↓		
静　岡	8:54着	
↓		
富　士	9:23着	
↓		
沼　津	9:40着	
↓		
横　浜	11:05着	
↓		
東　京	11:30着	

と、北野は、必死の顔でいった。

同じ国鉄の人間が、少しでも疑われるのが、我慢ができないに違いない。

「わかりました」

と、十津川は、思わず、微笑した。

「広瀬車掌長を、信用してもらえますか?」

「信用して、1号室の客の様子を、調べてもらいましょう」

十津川は、いった。

広瀬車掌長は、1号室の車内改札のあとで、十津川たちのところへ来て、報告してくれた。

「あのお客と、ちょっと世間話をして来ました」

と、広瀬が、いった。

「どんなことを、話したんですか?」

亀井が、きいた。

「どこの方ですか、とか、長崎は楽しかったですかと、いったことを、聞きましたよ」

「それで、返事は、どうでした?」

「東京で、自分で事業をしているということでした。長崎にも、仕事の関係で、来られたとかで、名刺を、頂きましたよ」

広瀬車掌長は、一枚の名刺を、十津川に見せた。

〈木内興業取締役　木内専一〉

と、名刺には、印刷してあった。住所は、東京である。

十津川は、考え込んでしまった。

この男が、犯人だとしたら、身元を、隠したがるのではないか。普通なら、そうだろう。

それが、名刺をくれたという。犯人ではないからだろうか？　それとも、この名刺は、全くのでたらめなのか。

肥前山口で、今度は、下りの時とは、逆に、佐世保から来た「さくら」と、合体する。

まだ、何事も、起きる気配がなかった。

博多で、カルテットに、二組の乗客が、乗って来て、2号室、3号室に入って行った。

1号室は、相変わらず、ひとりだけである。

すでに、午後七時に近い。

1号室の客は、食堂車に、出かけた。

十津川と亀井は、相手が、食堂車に入るのを見とどけてから、引き返し、1号室のドアを開け、中に入ってみた。

自然に、天井の換気孔に、眼が向いた。が、蓋を開けようとした様子は、ない。

部屋の隅には、大きなトランクが、置いてあった。

十津川と亀井は、二人で、そのトランクを持ち上げてみた。

ひょっとして、空（から）ではないか、空なら、犯人の可能性があると思ったのだが、かなり、重かった。

中身を見たかったが、錠（じょう）がおりている。

二人は、諦めて、1号室を出た。

「どうも、犯人らしくありませんね」

と、通路で、亀井が、いった。

「すると、他の部屋の乗客の中に、犯人がいるということになるのかね」

「そうだとすると、また、エーテルで、全員を眠らせておいて、1号室から、盗み出す気でしょうか」

「同じ手を、また、使うかね？」

十津川が、首をかしげた時、1号室の乗客が、食堂車から、戻って来た。

若い女と、一緒だった。

4

二十五、六歳だろうか。
なかなか、美人だが、水商売の匂いのする女だった。

男のほうは、女の腰に手を廻し、嬉しそうに、ニヤニヤ笑っている。

二人は、もつれるように、十津川の横をすり抜けて、1号室に入って行った。

「何ですか。あれは」

亀井が、呆れた顔で、いった。

「列車の中で、ガールハントって、わけかもしれないね」

十津川が、クスッと笑った。

「ガールハントですか？」

「それとも、しめし合わせて乗ったかな。社長さんが、寝台列車の中で、浮気というわけさ。四人乗りのコンパートメントだから、東京まで、彼女と二人で、悠々と、楽しめると思うからね」

「新しい浮気の場所というわけですか」

「ラブ・ホテルより、スリルがあるんじゃないかね」

「しめし合わせての浮気だとしても、あの大きなトランクは、いったい、何なんですかね？」

「全く、事件に関係ないのかもしれないが」

十津川にも、判断がつかなかった。

怪しいと思えば、1号室の男だけでなく、他の乗客も、不審に思えてくるのである。

ただ、一つの目安は、立てていた。

各コンパートメントの天井についている換気孔は、人間が入れるほど、大きくはない。

従って、1号室以外の乗客は、十津川たちが隠したボストンバッグを盗ろうとすれば、下りの「さくら」でのように、全員を眠らせておいてから、1号室に、入り込むしか、方法がないはずである。

或いは、いきなり、1号室に忍び込むか、訪ねて行き、そこにいる乗客を殴り倒すか、脅して、縛りあげるかして、ボストンバッグを取り出す方法である。しかし、それでは顔を見られる危険がある。

恐らく、下りの「さくら」で成功しているから、前者の方法をとるだろう。

1号室の男が、犯人の場合は、そんな面倒な方法は、必要がない。カギをしめ、ゆっくりと、換気孔から、ボストンバッグを、取り出すことが、可能だ。

上りの「さくら」は、走り続ける。

十津川は、いぜんとして、通路に立って、窓の外を流れる夜景を、眺めていた。

1号室の男は、女を、連れ込んだままである。

車掌の話では、東京までの切符を買っているというから、もし、途中下車するようだったら、要注意だろう。

（いや、換気孔から取り出して、札束が入ってないと知ったら、何くわぬ顔で、元へ戻しておくのではないか？）

「自分が持ち出すとまずいので、さっきの女に、持たせようと考えてるんじゃありませんか？」

亀井が、一緒に窓の外を見ながら、十津川に、いった。

「浮気旅行に見せてかい？」

「そうです」

「しかし、中身が、札束じゃないとわかれば、素知らぬ顔で、列車から降りてしまうだろうな」

「そうでしょうね」

「現金を詰めたままにしておいたほうが、良かったかな」

「しかし、国鉄側が、絶対、反対したと思いますよ」

と、亀井は、いった。

多分、そうだったろうと、十津川も、思う。

「これから、どうしますか？」

と、亀井が、きいた。

「今、どの辺を、走っているんだろう？」

「さっき、小郡を出ましたから、次は、徳山です」

「徳山か」

十津川は、ポケットに、丸めて入れておいた小型の時刻表を取り出した。

徳山二一時五二分。

広島には、二三時二一分に着き、二分停車で、二三時二三分に発車する。

この後は、大阪着午前三時五七分まで、停車しない。

犯人が何かやるとすれば、この間であろう。

下りの「さくら」のような失敗を繰り返さぬためには、交代で、通路に出ているより、方法は、なさそうだった。

5

交代で、コンパートメントで、眠ることにした。

一時間ずつの交代である。

定刻に、広島を出た。

いよいよ、問題の時間帯である。

もし、犯人が、下りの「さくら」と、同じ方法を、とる気なら、間違いなく、大阪までの四時間半の間に、エーテルを使うだろう。

そして、二億円を奪い、大阪駅で、逃げることを、考えるはずである。

午前二時から、十津川が、通路で、監視する番になった。

折りたたみ式の椅子を引き出して、腰を下ろした。

どの客も、眠りについてしまっている時刻である。

それに、この3号車は、コンパートメントになっているから、寝息や、話声などは、通路に洩れて来ない。一層、静かだった。

車両が、レールの継ぎ目を拾う音だけが、リズミカルに聞こえてくる。

眠気ざましに、煙草に火をつけたとき、広瀬車掌長が、通路に入って来た。

「ご苦労さまです」

と、広瀬は、立ち止まって、十津川に声をかけて来た。

「そちらこそ」

「異常は、ありませんか？」

「今のところ、何もありませんがね」

「この列車の中で、何かあると、本当にお考えですか？」

と、広瀬車掌長が、きく。

「多分、あると思います」

十津川は、そんないい方をした。犯人が、どう出てくるか、わからないからである。

広瀬は、他の車両も見廻ってくるといって、2号車の方へ姿を消した。

いぜんとして、どのコンパートメントも、ひっそりと、静まり返っている。

二時半を過ぎた時、急に、1号室のドアが開いた。

十津川は、はっとして、眼を向けた。

さっきの女が、出て来たのである。女のほうも、通路にいる十津川を見て、ぎょっとした顔になった。

一瞬、睨み合うような形になったが、女は、後ろ手にドアを閉めると、十津川の前を、さっさと、通り過ぎ、4号車の方へ、歩いて行った。

女が、上気した顔をしていたのが、十津川の記憶に残った。

手には、何も持っていなかった。

列車の食堂車で、偶然会った男と、コンパートメントで浮気をし、明るくなる前に、そそくさと、自分の席に、戻って行ったという感じが、しないでもない。

三時になって、亀井が、起きて来た。「どんな具合ですか？」

と、亀井が、きいた。

「さっき、1号室から、女が、出て行ったよ。その他には、異常なしだ」

「彼女は、犯人と関係ありですかね？」

「わからんね。手に、何も持ってなかったが、共犯じゃないから、何も持ってなかったのか、それとも、札束が入っていなかったので、置いて来たのか、わからないからね」

「そうですな。とにかく、警部も、寝てください」

と、亀井が、いった。

十津川は、コンパートメントに入り、ベッドに、横になった。

が、どうしても、換気孔が、気になってしまった。

じっと、天井についている換気孔を、見つめた。今にも、あの小さな孔から、エーテルが、吹き出してくるのではないか。そんな気がするのだ。

だが、別に、意識がなくなりもしなかった。

その中に、疲れから、十津川は、眠ってしまった。

眼をさました時、十津川は、反射的に腕時計を見た。

三時五〇分である。別に、頭痛もしないところを見ると、エーテルを、嗅がされなかったようである。

間もなく、大阪着である。

十津川は、眼をこすりながら、通路へ出た。

通路にいた亀井が、笑顔を向けて来た。

「もう少し、寝ていらっしゃって、結構ですよ」

「いや、もう大丈夫だ。何かあったかね？」

「異常なしです。4号室の乗客が、トイレに行きましたが、すぐ、戻って来ました。それ以外は、別に、動きがありません」

「間もなく、大阪だね」

「そうですね。問題の四時間半の間に、犯人は、例の手を、使いませんでしたね」

三時五七分。定刻に、大阪に着いた。

6

まだ、外は、暗い。

十津川たちのいる3号車から、降りる乗客はいなかったが、ホームに降りていると、意外に、多くの乗客が、降りるのが見えた。

この大阪から、また、乗り継いで、他へ行くのだろう。

十津川と亀井は、ホームで、軽い屈伸運動をした。

「何も起こりませんね」

亀井が、不満そうに、いった。

大阪を発車したあとは、急に、停車駅が多くなる。

京都、名古屋、豊橋、静岡と、停車していくうちに、窓の外は、しだいに明るくなっていく。

3号車でも、乗客が起き出して来て、洗面所が、賑やかに、なって来た。

交代で、寝ていた十津川と亀井も、明るくなると、二人とも、通路に出るようになった。

二人の眼は、自然に、1号室に向いてしまう。

「1号室の男は、なかなか、起きて来ませんね」

亀井が、腕時計を見ながら、十津川に、いった。

上りの「さくら」は、豊橋を出たところである。間もなく、七時四〇分になる。

他の部屋の乗客は、ほとんど、洗面所で、洗顔をすませてしまっていた。

自分のコンパートメントに、戻る者もいれば、通路で、お喋りをしている者もいる。

「確かに、おそいね」

十津川が、肯いた。

「昨夜のお遊びで、疲れてしまっているんですかね？」

「わからんね。まあ、終着の東京まで、ゆっくり寝られるので、このコンパートメントを利用するんだろうがね」

「まさか、死んでるんじゃないでしょうね？」

「死んでる？」

「昨夜の女が、殺して逃げたというようなことは、ありませんかね？」

亀井は、不安気(げ)な眼をした。

十津川は、午前二時過ぎに、通路で会った女の顔や、表情を思い出しながら、

「人間一人を殺した女の顔付きじゃなかったがね」

「それなら、安心ですが」

八時五四分、静岡着。

まだ、1号室の男は、出て来ない。

二分停車で、「さくら」は静岡を発車した。

「まだ、寝てるんですかね？」

と、亀井が、首をかしげ、

「ノックしてみますか？」

と、いったとき、やっと、1号室のドアが開いた。

あの男が、通路に出て来て、大きく伸びをし、洗面所の方へ、歩いて行った。

「死んでいなかったよ」

と、十津川は、笑った。

亀井は、拍子(ひょうし)抜けした顔で、

「そうですね。無事でしたね」

男は、タオルで、顔を拭きながら、戻って来ると、十津川たちを見て、

「やあ、お早ようございます」

と、陽気な声で、あいさつした。

「今、起きたんですか？」

亀井が、きいた。

「そうです。よく寝ました。あのくらい広いと、ゆっくり寝られますし」

「昨夜の女性は、お知り合いなんですか？」

十津川が、きくと、男は、頭をかいた。

「あれは、まあ、旅のアバンチュールというやつでしてね。食堂車で、初めて会った女性です。だから、名前も知らんのですよ」

「部屋を見せて頂けませんか？」

十津川が、いった。

男は、変な顔をして、

「部屋？」

「あなたのコンパートメントです」

「みんな同じ造りでしょう？　違うんですか？」

「実は、事件を追っていましてね」

十津川は、警察手帳を取り出して、男に示した。

男は、びっくりした眼で、十津川と、亀井を見ていたが、1号室に、二人を、入れてくれた。

十津川は、ベッドの上に乗り、天井の換気孔を、じっと見ていたが、ベッドから降りると、

「あの換気孔の蓋を、開けましたね？」

と、男に、きいた。

「え？」

「あの蓋を、開けたんじゃありませんか？」

「なぜ、そんなことを、私がしなければならんのですか？」

男は、きき返した。

「質問しているのは、私のほうですよ」

十津川は、厳しい眼で、男を見すえた。

「そんな馬鹿なことはしませんよ。第一、あの換気孔の蓋は、ちゃんと、閉まっているじ

ゃありませんか」

「いや、ねじを外して開けたことは、間違いないんだ。嘘をついちゃいけませんよ」

と、十津川は、強い調子で、いった。

六章　監視

1

男は、びっくりした顔で十津川を見ている。

本当に驚いているのか、それとも、呆(とぼ)けているのか、わからなかった。

「私は、あの換気孔の蓋の縁(ふち)のところに、セロハンテープを、貼っておいたんだ。それが、剝(は)がれてしまっている。換気孔の蓋を外した証拠だよ」

十津川が、いった。

彼は、長崎駅で、駅員から、透明なセロハンテープを借り、それを、換気孔の蓋と、天井の境目のところに、貼りつけておいたのである。

それが、今、見ると、二カ所とも、剝がれてしまっている。

蓋を外した証拠なのだ。

それでも、男は、肩をすくめて、

「いったい、何のことか、わかりませんね」

と、いっている。

「あの換気孔の奥には、二億円の入ったボストンバッグが、詰め込まれてあったんですよ。それを知っていたんじゃありませんか？　だから、蓋を外して、中を見た」

「二億円？　全然、知りませんよ」

「あなたの名前と住所を教えてくれませんか」

「なぜです？」

「われわれは、殺人と、脅迫の容疑で、事件を追っているんです。あなたには、その容疑がかかっているんですよ。拒否されると、かえって、疑惑が、濃くなりますよ」

十津川は、脅かすように、いった。

男は、小さく首を振って、

「何が何だか、わからないが、いいですよ。こういう者です」

男は、名刺をよこした。

車掌長が貰った名刺と、同じものだった。

〈木内興業取締役　木内専一〉と、印刷された名刺である。

「木内さんですか？」

「そうですよ」

「あなたが、木内専一さんだという証明はできますか？」

「私が、本人ですよ」

「運転免許証か、パスポートといったものを、お持ちじゃありませんか？」

十津川が、きくと、男は明らかに、怒りの表情になって、

「なぜ、私が、そんなことを要求されなけりゃ、ならないんだ？　弁護士を呼んで、警察に、抗議しますよ」

と、睨(にら)んだ。

十津川は、冷静な調子で、

「それは、結構ですが、まず、あなたの身元を証明してくれませんか。何かありませんか？」

「背広に、自分の名前が、入っていますよ。それぐらいしか、ありませんよ」

相手は、上衣の裏側を、十津川に見せた。

なるほど、木内という名前が、刺繍(ししゅう)してあった。

「その大きなトランクを開けて見せてくれませんか」

と、十津川が、いった。

「なぜ、そんなことまで、しなければならないんですか？　私の名前も、いったし、換気孔のことも、二億円のことも、全く、知らないんです。嘘じゃありませんよ」

「とにかく、開けて見せてください。それとも、見せられませんか？」

十津川が、いうと、男は、むっとした顔で、

「そんなことはない」

と、いい、カギでトランクを開けた。

十津川も、亀井も、興味を持って、トランクの中をのぞき込んだ。

「ほう」

と、亀井が、声をあげた。

長崎名物の凧（たこ）や、人形などが、ぎっしり詰まっていた。

「お子さんへのお土産（みやげ）ですか？」

亀井が、きいた。

相手は、首を振って、

「仕事ですよ」

「そうです。今は、地方の素朴な玩具が売れる時代なんです。長崎へ行ったついでに、向こうの昔からの玩具を、仕入れて来たんです」

「すると、木内興業というのは、こういう品物を扱う会社なんですか？」

「そうですよ。自慢にはなりませんが、私の会社は、中小企業です。資本金一千万、年商十二、三億円のね。しかし、やましいことは、やったことは、ありませんよ」

「もう、蓋をしてくださって、結構ですよ」

と、十津川は、いってから、

「さっきの女性の名前を、教えてくれませんか」

2

木内専一は、当惑した顔になった。

「それが、知らないんですよ」

「本当ですか？」

「ええ。どうせ、お互いに、軽い浮気のつもりだから、お互いに名前なんか知らないほうが、いいと思いましてね」

「食堂車で、会ったといいましたね？」

「ええ」

「何号車に乗っているかも、知らないんですか？」

「ええ」

「どんな話をしたんですか？」

「別に。お互いに、ちょっと照れ臭かったから、ほとんど、話をしなかったんです」

「何か、彼女に、あげましたか？」

「それは、金を払ったかどうかということですか？　そんなことをしたら、売春になってしまうじゃありませんか」

木内は、声をとがらせた。

「別に、お金といってるんじゃありません。ロマンチックな出会いの記念として、何か、あげたんじゃないかと、思っただけですよ」

「別に、何もやりませんよ。お互いに、楽しんだんだから」

と、木内は、いった。

「全部の車両を廻って、女を捜して来ましょうか？」

亀井が、小声で、十津川に、ささやいた。

十津川が、肯くと、亀井は4号車の方へ歩いて行った。

木内は、換気孔に、眼をやった。

「あの中に、本当に、二億円入っているんですか？」

「ご覧になったんでしょう？」

十津川が、いうと、木内は、顔を赧くして、

「何度いったらわかるんですか。私は、何にも知らなかったんです。今だって、あの中に、二億円入ってるなんて、信じられませんよ」

「誰かが、あの換気孔の蓋を開けた。それは、間違いありません。そして、この部屋には、あなたと、彼女しか、いなかった。あなたじゃないとすると、彼女が、換気孔を、のぞいたことになる」

「なぜ、彼女が、そんなことをするんですか。私と、食堂車で会ったのだって、偶然なんですからね」

「そうですか」

と、十津川は、肯き、

「東京で、また、お会いすることがあるかもしれません」

「二億円は、持って行かないんですか？」

「欲しければ、あなたが持って行って、構いませんよ」

十津川は、そういって、通路へ出た。

列車は、沼津に着いた。

すでに、九時を廻っている。

沼津を出て、しばらくして、亀井が、戻って来た。

「あの女は、どの車両にもいませんでした」

「じゃあ、もう、降りたんだな」

「警部は、どう思われますか？　1号室の換気孔を開けたのは、木内という男か、それとも、食堂車で会った女か、どちらと？」

「或いは、二人が、共犯かもしれないよ」

「その可能性もありましたね」

「カメさんは、どう思うね？」

十津川は、逆に、きいた。

「私は、木内という男も、いなくなった女も、同じように、臭いと思いますね。彼が、トランクに入れていた屍にしても、人形にしても、安いものです。捨てても、惜しくないものでしょう。二億円が見つかったら、入れかえるつもりだったんじゃないですかね。その前に、調べられた時、空だと疑われるので、安い玩具を、詰めておいたと、私は、思います」

「東京に戻ったら、木内興業という会社を調べてみる必要ありか」

「と、思います」

「私も、あの男は、共犯のような気がするんだよ」

と、十津川は、いった。

「なぜですか？」

「木内は、たまたま、食堂車で出会って、旅先のアバンチュールを楽しんだんだと、いった。だがね、木内は、年齢もとっているし、そう見栄えのする男でもない。それに対して、女のほうは、若くて、なかなか美人だった。彼女が、木内を、旅先のアバンチュールの相手に選ぶとは、ちょっと、思えないんだよ。金につられたというのなら、わかるんだがね」

「木内は、金なんか、渡してないと、いっていましたね」

「あれは、嘘だと思う。また、嘘でなければ、二人は、共犯なんだ。1号室を借りた木内が、二億円を持ち出したのでは、疑われる。そこで、列車の中のアバンチュールに見せかけて、あの女を、1号室に入れ、彼女に、二億円持たせて、東京駅の手前で、降ろしてしまうつもりだったんだろう。換気孔だって、二人で、蓋を取って、中のボストンバッグを引き出したんだと思うね。ところが、中身は、古雑誌だったというわけさ」

「この勝負は、われわれの勝ちだったようですね」

亀井が、にやりとして、いった。

「二億円を、取り返したからかね?」

「それもありますが、犯人の目星がついたことが、大きいと思います」

「木内という男のことかい?」

「木内と、女もありますが、私は、むしろ、下りの『さくら』のことが、大事だと思うんです」

と、亀井はいった。

3

「ボンベからエーテルを出して、われわれを眠らせた犯人は、どう考えても、B寝台カルテットの3号車に乗っていた人間の中にいることは、間違いありません」

と、亀井は、言葉を続けて、

「2号室の若いカップル、3号室の子供連れ、それに、4号室の中年の二人連れ、あと5号室の学生の四人。それと、渡辺という専務車掌。この中に、エーテルを使って、われわれまで眠らせた犯人がいるはずです。この全員について、名前と、住所を、確認していますす」

「共犯者として、上りの『さくら』の木内と女というわけだね」

「そのとおりです。女の名前と、住所は、わかりませんが、主犯は、わかっているから、大丈夫です。夫婦の子供はのぞくとして、下り列車の、渡辺専務車掌を含めた十一人の中に、主犯格の人間がいることは間違いないのですから、東京に戻ってから、徹底的に、この十一人を調べれば、自然に、犯人が、浮かび上がってくると信じます」

「なるほどね」

「だから、犯人は、失敗したと、思うのです。恐らく、犯人は、上手く二億円を奪い取ることができると考えていたんだと、私は思います。下りの『さくら』に、二億円を積み込ませておき、われわれを、ガスで眠らせ、換気孔の奥に、隠してしまう。誰もが、もう、二億円は、持ち去られたと考える。そうしておいて、上りの『さくら』に乗った共犯者が、悠々と、二億円を持ち去る。鮮やかな計画だったと思います。そして、どこかへ、高飛びする気だったと思いますね。だから、あとになって、その中に、犯人がいたのだとわかっても、平気だったんでしょう。鮮やかだが、犯人にとっても、危険な計画だったわけです」

「それが、失敗して、危険なほうだけが、出てしまったというわけか」

「そうです。犯人は、一円も手に入れられず、しかも、われわれに、顔を見られ、名前も、知られてしまったわけです。これで、犯人も、終わりでしょう」

「犯人は、見事に失敗した。その点は、私も同感だよ。だがね、素直には、喜べないね」

「犯人が、何かやると、思われるわけですか？」

亀井が、きいた。

「犯人は、挑戦状の中に、サムライと呼ばれた男と、署名している。その意味は、はっきりしないが、自分にたのむところのある男なんだろう。そういう男が、自分の敗北を認めて、黙って、引き退(ひさが)るとは思えないのだよ」

十津川は、じっと、考えながら、いった。

「また、何かやると、お考えですか？」

「思うね」

「しかし、何もできませんよ。今もいったように、女と子供をのぞいて、容疑者の十二人については、名前も、住所も、わかっています。この十二人に、刑事を張りつけておけば、何もできないと思いますね。女にしても、顔は、わかっています。似顔絵を作って、コピーを刑事たちに持たせれば、動きを封じられると思います。下手に動けば、自分が犯人であることを、自供するようなものですから」

「そうだな。そう考えると、安心なんだがね」

十津川は、あいまいな表情になった。亀井ほど、楽観できないような気がしていたからである。

理屈でいえば、亀井のいうとおりなのだ。

子供と女を入れれば、容疑者は十四人になる。

この中に、犯人がいることは、間違いないだろう。

犯人は、一人ではなく、二人以上であることも、はっきりしている。

下りの「さくら」で、細工した奴と、上りの「さくら」から、二億円を運び出そうとした奴との共犯である。

女と子供をのぞく十二人全部を、監視することは、それほど難しくはない。

東京に戻ったら、早速、その手配をしよう。

（それで、犯人を、追いつめられるだろうか？）

4

十津川は、監視すべき人間の名前を、黒板に、書き出した。

下り「さくら」の乗客

市川昌夫（二五）K工業勤務。結婚一年
　　麻美（二四）妻
工藤　勇（三二）文具店経営
　　文子（二八）妻
　　　明（九）長男
原　功一（四〇）不動産業
今村京子（三六）ホステス
福田英一（二〇）城東大学三年
長沼　淳（二〇）〃
高沢知也（二〇）〃
杉山俊二（二〇）〃

渡辺正之（五〇）　専務車掌

上り「さくら」の乗客

木内専一（五二）　木内興業取締役

女（二五、六）　氏名不詳

この十四人である。ただし、工藤夫婦の子供はのぞいて、十三人である。

それぞれの住所も、書き出した。

犯人は、すでに、寝台特急「さくら」の車内で、乗客を一人、殺している。

もう一人も、殺したといっているが、これは、事実かどうかわからない。

だが、少なくとも、一人を殺していることは間違いないのである。

自分の欲求のために、無関係な人間を一人殺した凶悪な奴なのだ。

それが、二億円の奪取に失敗した以上、このまま、黙っているとは、思えなかった。

必ず、何かやるだろう。送られて来た脅迫状から見て、再び寝台特急「さくら」で、殺人をやる可能性が、一番大きいとみなければならないだろう。

容疑者十三人の中、木内専一は、東京にいる。

氏名不詳の女も、恐らく、東京にいるだろう。

工藤夫婦は徳山で降りたが、あとの人間は、現在も、九州である。

市川夫婦は、三泊四日の周遊旅行で、昨夜は長崎に泊まり、明後日、飛行機で、東京に戻ると、いっていた。

工藤親子は、徳山の親戚の家で、二日間過ごす予定で、明日、今度は、上りの「さくら」に乗ると、申告している。

原功一と、今村京子は、どう考えても、浮気旅行である。

原は、家族には、仕事で、九州へ行くといっている。明日、飛行機で、帰京の予定になっていた。

四人の学生は、長崎・佐世保ミニ周遊券を持っていて、三日後に、帰京する予定である。

渡辺専務車掌は、昨日一日、長崎で休んで、今日、長崎を発つ上り「さくら」に乗務して帰京する。

全て、長崎県警の協力を仰がなければならない。

十津川は、刑事部長から、長崎県警に、協力を要請してもらった。

国鉄側は、今日の下りの「さくら」から、四名の公安官を同乗させることにした。

十津川は、日下と西本の二人の刑事を、もう一度、今日の下りの「さくら」に、乗せることにした。

車内の警戒ということもあったが、そのまま、長崎に止めて、県警に協力させるためでもあった。

日下たちや、公安官、それに、車掌には、問題の女のモンタージュのコピーを、持たせることにした。

午後三時（一五時）には、長崎県警から、九人の容疑者の監視と、尾行を開始したという連絡が入った。

一六時三〇分。

いつものように、下りの寝台特急「さくら」が、東京駅を、発車した。

あとは、待つだけだった。

一方、上りの「さくら」は、一六時〇〇分に、長崎を、一六時三〇分には、佐世保を出発した。この列車にも、それぞれ、二人ずつの公安官が、同乗した。

東京にいる木内専一の尾行には、清水と、田中の二人の刑事が、当たることにした。

5

木内専一は、午後七時まで、会社にいた。

そのあと、客二人と、銀座に、飲みに出かけた。

長崎県警からも、時々、連絡が入った。

上り「さくら」に、乗務している渡辺専務車掌をのぞいて、どの容疑者も、「さくら」に、近づく気配はない。

市川夫婦は、宿を、動く様子がなかった。

原功一と、今村京子は、今日も、長崎市内のホテルに、泊まるらしい。

四人の学生は、長崎から平戸に移動し、平戸のホテルに入った。

渡辺専務車掌は、刑事が、同乗して監視している。

山口県警からの連絡によれば、工藤一家も、同じである。親戚の家にいる。

十津川と、亀井は、捜査本部で、日本地図を、眺めていた。犯人は、上り、下り、どちらの「さくら」を狙うか、わからなかった。

午後九時になった。

下りの「さくら」は、間もなく、名古屋に着く。

上りの「さくら」は、肥前山口で、合体したあと、関門トンネルを抜け、宇部を出たところである。

「犯人も、今日は、何もやらないかもしれませんね。国鉄と警察が、警戒していることは、考えているでしょうからね」

「われわれが、油断するまで、辛抱強く待つだろうということかね？」

「そうです。犯人のほうは、いつでも、『さくら』を、襲えますから、しばらく、様子を見るんじゃないでしょうか」

「しかし、カメさん、奴の手紙を見たろう。ひどく挑戦的だし、自ら、サムライと呼ばれた男などと、署名している。こちらの警戒が厳重だからといって、尻込みするような人間だろうか？」

「そうですな。かえって、闘争心を燃やして、犯行に走るかもしれませんね」

「それに、私が一番怖いのは、犯人が、『さくら』以外の列車を、狙うことなんだよ」

十津川が、いうと、亀井は、さすがに、蒼ざめた顔になって、

「犯人は、そんなことを、するでしょうか？」

「われわれと、国鉄側が、『さくら』の警戒を厳重にすると、犯人は、他の寝台特急に狙いを変えるかもしれん。国鉄に与える痛手は、同じだからな。夜行列車は、百本以上あるんじゃないかね。犯人が、どれを狙うのも同じだと考えたら――」

「防ぐ方法は、まず、なくなりますね」

「私は犯人が、自尊心が異常に強くて、『さくら』に拘ってくれると、ありがたいと、念

じているんだ」

「そうですね。それに警部、今のところ、名前のわからぬ女と、子供をのぞいて、十二人の容疑者の尾行は、上手くいってますから、大丈夫だと思いますが」

「私も、大丈夫であって、欲しいよ」

と、十津川は、いった。

午後一〇時。

尾行をまかれたという知らせはない。

下りの「さくら」は、名古屋を出て、岐阜(ぎふ)あたりを、走っているだろう。

上りの「さくら」は、徳山を出たばかりのところである。

車内で、何かがあれば、すぐ、総合指令所を通して、十津川に、知らされることになっていた。

時間が、経過していく。

これから、毎日、こんな緊張した時間が、続くのだろうか？

午後一一時。

何事も起きない。少なくとも、何か起きたという知らせはない。

長崎県警からは、監視と、尾行を、引き続きやっているという連絡が入った。

一二時になった。

下りの「さくら」は、今、大阪駅に停車中だ。

上りの「さくら」は、広島を出て、糸崎に近づいている頃である。

どちらの列車の乗客も、ほとんど、ベッドで、眠りについているだろう。

「カメさん、交代で、寝ようじゃないか。われわれが、二人で起きていても、どうしようもないんだから」

「そうですね」

「まず、君から、眠ってくれ」

と、十津川は、いった。

亀井は、椅子を並べて、横になった。が、なかなか、眠れない様子で、仰向けになったまま、煙草を吸っている。

十津川も、日本地図に眼をやりながら、煙草に、火をつけた。

(大丈夫なのだ)

と、十津川は、自分に、いい聞かせた。

子供と、謎の女をのぞく十二人には、しっかりと、尾行がついている。

女も、モンタージュがあるから、「さくら」に乗れば、公安官や、車掌、それに、下り列車の場合は、日下たちが、見つけるだろう。

それに、彼女が、犯人だとしても、主犯だとは思えないから、当然、主犯の男も、乗ってくるはずである。彼女だけで、殺人は、犯さないだろう。

亀井が、とうとう、眠れないといって、起きてしまった。

警部が、先に寝てください、と、亀井にいわれたが、十津川も、眠る気になれなかった。

結局、二人とも、起きていることになった。

午前一時、二時となっても、何の変化も、伝わって来なかった。

木内専一は、自宅から出ない。眠ってしまったのかもしれない。

長崎県警から、電話が入ったが、マークしている全員、動く気配がないということだった。

「これは、長期戦になるんじゃないですかね。これだけ、こちらが警戒していると、犯人も、手が出せないでしょう」

亀井が、下り、上りの「さくら」の時刻表を見ながら、いった。

「犯人は、しばらく、様子を見てから、やるというわけかね？」

「そうです。犯人だって用心しているでしょうし、今のところ、容疑者たちは、誰一人、動く気配がありませんから」

「そのことだがねえ」

十津川は、急に難しい顔になって、亀井を見た。

「ええ」

「ひょっとして、われわれが考えている十三人以外に、犯人がいるんじゃないかという気がして仕方がないんだがね。もし、そうだとすると、そいつは、すでに、下りか、上りの『さくら』に、乗り込んでいるのかもしれない」

「警部、それは、ありませんよ。下りの『さくら』で、二億円が、盗まれかけた時のことを考えてみてください。3号車のカルテットの乗客でなければ、エーテルは、使えなかったし、両側の2号車と4号車には、日下君たちが、監視していたわけですから、他の車両から、忍び込んだりは、できません。犯人は、あの乗客の中にいるはずです。渡辺専務車掌を含めた十一人の中にです」

亀井は、自信を持って、いった。

「確かに、カメさんのいうとおりなんだがね」

十津川の言葉は、元気がなかった。何か不安なのだ。

十三人の容疑者がいる。氏名のわからない女をのぞく十二人の動きは、確実に、つかまえていた。

彼等が、全く動かないことが、かえって、十津川を、不安にさせるのだ。

一人でもいい、尾行の刑事を、まこうとして動いてくれれば、かえって、安心する。全く動かないことを、亀井のように、こちらの監視や尾行が厳しいからと思えば、不安はない。だが、もし、彼等以外に、犯人がいるためだとしたら——

「警部は、意外に、心配性ですね」

と、亀井は、笑い、十津川と二人分のインスタントコーヒーを、いれてくれた。

「サムライと呼ばれた男という犯人の署名が、気になるんだよ」

と、十津川は、いった。

「ただ単に、気取っているだけのことじゃありませんか。別に、意味があるとは、思えません。人殺しをやるような人間が、どうして、サムライのはずがありますか」

「気取りかもしれないが、とにかく、犯人は、自分の署名に、サムライという言葉を使っているんだ。気負っているんだと思う。そういう人間が、二億円奪取に失敗したあと、こちらの警戒が厳しいからといって、手をこまねいているだろうか？」

「犯人は、どうしても、今日、何かやると、お考えですか？」

「サムライという言葉を、犯人が、自負のつもりで、使っているとすればだよ。二億円奪取に失敗したことを、恥辱(ちじょく)と考えているとすれば、その直後に、何かするんじゃないかという気がするんだが――」

「しかし、容疑者は、動いていません」

「そうだよ。だから、余計に、不安なんだ。今もいったように、われわれは、何か、大事なことを、見落としているんじゃないかという気がしてね」

「それは、つまり、その十三人以外に犯人がいるのではないかということですか？　それについては、私は――」

「カメさんの言葉もわかるさ。だが、この不安は、どうしようもない。乗客の命が、かかっているんだからね。犯人が、動くとすれば、『さくら』の乗客の命を狙う以外に、考えられないからね」

十津川は、重い口調でいった。

これならば、もう一度、下りの「さくら」に乗っていたほうが、どんなに、気が楽だったかと思う。

午前三時、四時と、時刻が、移っていく。

何事も、起きない。

いや、何か起きているのかもしれないが、報告は、なかった。

夜が、明けた。

下りの「さくら」は、小郡を過ぎて、宇部に近づいている。

上りの「さくら」は、名古屋を出て、東京に向かっている。

午前七時四〇分。

電話が鳴り、十津川が、受話器を取ると、国鉄の北野の興奮した声が、飛び込んで来た。

「やられました。下り『さくら』の7号車で、乗客一人が、殺されました」

七章　危機

1

くわしいことは、まだわからないと、北野は、いった。

「本当に、乗客が、殺されたんですか？　心臓発作とか、脳溢血といった病死じゃないんですか？」

と、十津川は、きいた。

「病死でないことだけは、確かです。それに、寝ているところを、絞殺されました」

「絞殺？」

「そうなんです。前の殺人と、全く同じ手口です」

「死んだのは、男ですか？　それとも、女？」

「若い女性としか、わかっていません」

「前の被害者も、確か、7号車の乗客でしたね？」

「そうです」

「くわしいことがわかったら、すぐ、また、連絡してください」

と、十津川は、頼んだ。

「今度は、女ですか？」

亀井は、蒼い顔で、きく。

「そうらしい。手口も同じ絞殺だ」

「しかし、それだけで、同一犯人かどうか、わかりませんよ。便乗犯ということも、十分に、考えられます」

「と、いうと？」

「ある女を、殺したいと思っている人間がいるとします。まだ、マスコミは、脅迫状については、沈黙していますが、『さくら』で、殺人があったことは書いています。そこで、殺したい女を、寝台特急『さくら』に乗せ、同じ手口で殺せば、同じ犯人の犯行と考えます」

「なるほど。それを、狙ったか」

「容疑者たちは、誰も、動いていないでしょう？」

「それを、もう一度、疑ってみよう」

十津川は、長崎県警に、電話をかけた。

県警の回答は、明確だった。

昨日から、監視し、尾行している十二人は、まだ、県警の刑事たちの監視下にいるというのである。

十津川の部下の清水たちが、監視している木内専一も、同じだった。

彼は、まだ、東京にいて、下りの「さくら」には、乗っていないのである。

残るのは、木内の仲間と思える氏名のわからない女だった。

彼女が、下りの「さくら」に乗り込み、今度は、女の乗客を殺したのだろうか？

だが、彼女のモンタージュを、コピーして、車掌たちや、公安官たち、それに、日下と西本の二人が、持って、車内を、見張っていたはずである。

あの女が、乗ったとすれば、すぐ、わかるのではないだろうか？

下り「さくら」に乗っている日下と西本から、連絡が入ったのは、昼を過ぎてからである。

列車は、すでに、終着の長崎に、着いていた。

「被害者の身元が、わかりました」

　と、日下が、いった。

「若い女性だそうだね？」

「二十四歳の東京の女性で、名前は、徳永奈美（とくながなみ）。ＯＬで、友だちと二人で、長崎に旅行へ行く途中だったそうです。三日間の休暇を貰って。友だちというのも、同じ会社のＯＬです」

「その友だちのほうは、気付かなかったのかね？」

「全く、気が付かなかったと、いっています。被害者の徳永奈美は、下段の寝台で、友だちは、上段だから、気が付かなかったのも、仕方がありません。西本君と一緒に、乗っていながら、申しわけありません」

「モンタージュの女には、会わなかったのかね？」

「車掌たちと、協力して、何度も、車内を見廻ったんですが、見ませんでした。公安官も、見かけなかったと、いっています」

「すると、乗っていなかったのかな？」

「断定は、できませんが、モンタージュではかなり、特徴のある女性ですから、もし、乗っていれば、見つけたと思います」

「君の感触は、どうなんだ？　カメさんは、マスコミに書かれた『さくら』の殺人事件を利用して、別な人間が、そのＯＬを殺したんじゃないかと見ている。その可能性は、どうかね？」

「それは、わかりません。もし、そうだとすると、一番、怪しいのは、一緒に、『さくら』に乗っていた同僚のＯＬということになりますが」

「その友人の名前は、何というんだ？」

「中西（なかにし）ゆう子です。年齢は、同じ二十四歳です」

「二人の勤め先は？」

「大手町（おおてまち）に本社のあるＨ交易です」

「その中西ゆう子には、会ったのかね？」

「ついさっき会いました。今は、長崎県警で、事情を、聞いています」

「どうだね？　彼女の感じは？」

「ただ、ひたすら、驚き、当惑している様子です。あれが、芝居とは、とても、思えません」

「彼女は、美人かね？」

「は？」

「魅力的な女性かね？」

「まあ、魅力的ではありますが」

と、日下は、いってから、あわてて、

「しかし、警部。だからといって、欺されてはいませんよ。冷静に、彼女のことを見たつもりです」

と、あわてて、付け加えた。

十津川は、思わず、笑ってしまった。むきになって、弁明するところが、いかにも、若い日下らしかった。

とにかく、こちらでも、今度の被害者の周辺を調べることになるだろう。被害者が、殺される理由が、全くないとなれば、今度の殺人事件が「サムライと呼ばれた男」によって、実行された可能性が、強くなってくるのである。

2

十津川は、亀井と二人で、大手町に本社のあるH交易本社に出かけた。

殺された徳永奈美は、この会社の管理課のＯＬだった。

十津川たちが、管理課の部屋に入って行くと、部屋の中の空気が、騒がしかった。

三人、四人と、かたまって、社員たちは、ひそひそ話をしている。

どうやら、徳永奈美の死んだことが、上司から、知らされたのだろう。

十津川たちは、管理課長に、会った。

十津川が、思ったとおり、ついさっき、徳永奈美が、死んだことを、課員に話したと、いった。

「あんないい娘が、なぜ、殺されなければならないのか、不思議で、仕方がありません」

四十歳ぐらいに見える小柄な課長は、眼をしばたたいた。

「三日間の休暇をとって、長崎へ行ったようですね？」

と、十津川が、きいた。

「そうです。まじめな娘で、ほとんど、有給休暇をとったことがなかったんです。だから、喜んで、許可しましたよ」

「恋人は、いましたか？」

「そうですねえ。ボーイフレンドは、いたかもしれませんが、特定の恋人は、いなかったんじゃないですか。だから、旅行も、中西君と、行ったんじゃありませんか」

「中西ゆう子さんも、この管理課の人ですか？」

「そうです。徳永君が死んだことも、中西君が、知らせて来たんです。最初は、信じられませんでしたよ。そのあとで、長崎県警から同じ連絡があって、やっと、そうなのかと思ったんです」

「中西ゆう子さんというのは、どういう女性ですか？」

「そうですね。物静かで、頭のいい娘ですよ」

「二人が、仲が悪かったということは、ありませんか？」

「そんなことは、ないと、思いますね。第一、仲が悪かったら、一緒に、旅行には、行かないんじゃありませんか？」

課長は、当然のことを、口にした。

十津川と、亀井は、二人のOLの友人にも、話を聞くことにした。

OL二人と、男の社員二人である。

課長の許可をもらって、四人には、同じビル内の喫茶店に、足を運んで、もらった。

最初の中(うち)は、四人とも、口が重く、なかなか、打ちとけて、話をしてくれなかった。当然かもしれなかった。同僚の一人が、死んで、それも、殺されたとなれば、言葉も、選んで喋(しゃべ)ることになり、自然に口が、重くなってしまうだろう。

こんな時、人生経験の豊富な亀井の存在が、光ってくる。

亀井は、むしろ、口下手なほうで、いまだに、東北訛りが残っているが、その話し方が、自然なユーモアになって、相手の気持ちをなごませるのである。

五、六分するうちに、四人の口も、ほぐれて来て、いろいろと、死んだ徳永奈美のことを、話してくれた。

彼女は、何にでも、興味を持つほうで、最近は、血液型占いに、こっていた。

二十四歳になると、素晴らしい男性と出会い、結婚できると思っていて、今度の旅行でも、旅先で、アバンチュールがあるのではないかと、楽しみにしていたという。

そのアバンチュールが、とんだことになってしまったのだ。

二十四歳になっていたが、どこか、夢を見ているようなところがあった娘らしい。

一緒に行った中西ゆう子とは、本当に、仲が良かったと、四人が、いった。

いくら、話を聞いても、徳永奈美が、殺される理由は、見つからなかった。

大手町のH交易を出たとき、十津川の気持ちは、重くなっていた。

（やはり、今度の殺人事件は、前の事件の続きなのだろうか？）

3

十津川は、じっと、事件の推移を、見守った。

事件の捜査のリーダーシップは、あくまでも、長崎県警にある。

死体解剖の結果も、長崎県警から、発表された。

それによれば、死因はやはり、頸部(けいぶ)圧迫による窒息死である。

死亡推定時刻は、午前二時から三時の間。乗客が、寝入っている時刻である。ただ、死体が発見されたのは、夜が明けてからで、同僚の中西ゆう子が、洗面所に行って、戻って来ても、下段のベッドにいる徳永奈美が、まだ起きて来ない。それで、のぞき込んで、殺されているのを、発見したのである。

発見した時刻は、午前六時五〇分頃で、宇部に着く直前だったという。

前の事件によく似ていた。というより、寝台列車で、寝ている乗客を殺せば、どうしても発見されるのは、夜が明けてからになってしまうということである。

その上、犯人は、死体が発見される前に、途中の駅で、降りてしまった可能性があるのだ。

死亡推定時刻の午前二時から三時までは「さくら」は、走り続けていて、停車して、乗客が、降りることはない。

そのあと、死体が発見される六時五〇分までに「さくら」は、次の駅に、停車し、乗客が降りている。

広島　四時三二分着（二分停車）
徳山　六時〇〇分着（二分停車）
小郡　六時三八分着（一分停車）

長崎県警は、当然、国鉄の協力を求めて、この三駅で、「さくら」から降りた乗客を、調べることに、全力をあげるだろう。

しかし、十津川が、見守っていたのは、その客ではなかった。

じっと、待ったと、いってもいい。

二日後に、十津川の待っていたことが、現実化した。

「サムライと呼ばれた男」から、各新聞社に手紙が、速達で届いたのである。

警察と、国鉄に来なかったのは、握り潰されては、かなわないと、思ったからだろう。

〈国鉄総裁へ

たった二億円を惜しんで、また一人、下り「さくら」の乗客が、死んだ。

この責任は、全て、国鉄当局と、総裁であるあなたにある。

今後も、寝台特急「さくら」の乗客は、死ぬことになるだろう。

国鉄当局が、約束を破ったことを謝罪し、改めて、二億円を支払う約束をするまで、この悲劇は、「さくら」で、続くことになる。

国鉄を利用される皆さんにも、警告したい。寝台特急「さくら」には、乗らぬことである。もし、乗る場合は、死を覚悟した上で、乗ることだ。

サムライと呼ばれた男〉

新聞記者からは、当然、この手紙について、記者会見を開くように、要求された。

国鉄本社で、記者会見が開かれることになった。

国鉄側からは、副総裁の小野田と、総裁秘書の北野が、警察からは、本多捜査一課長と、十津川が、出席した。

小野田が、まず、現在までの経過を説明した。

続いて、本多が、それを、補足した。

「それで、犯人逮捕の見込みは、立っているんですか？」

記者の一人が、本多に、質問した。

「それは、実際に、長崎県警と協力して、捜査に当たっている十津川警部が、話します」

と、本多は、いった。

十津川は、ゆっくり立ち上がると、

「容疑者は、何人か、浮かんでいます」

「その中に、犯人がいるという確信は、あるんですか？」

「確信は、あります」

「すると、すぐに、逮捕できると、考えていいんですか？」

「いや、期日は、限定できません。というのは、容疑者の人数が、多いので、簡単には、しぼれないからです」

「しかし、この手紙を見ると、今日にも、また、寝台特急『さくら』の中で、乗客が、無差別に、殺されるかもしれないと思いますよ。それを防ぐ自信は、あるんですか？」

4

一瞬、十津川は、迷った。

自信満々の答え方をしたほうがいいのだろうか。それとも、正直に、不安を話したほうがいいのか、考えたからである。

ただの殺人事件ではなく、今度の事件には、赤字を抱えて苦悩する国鉄の営業という問題が、ある。

防ぐ方法がないといってしまい、それが、新聞に出たら、寝台特急「さくら」の乗車率は、がくんと、減ってしまうだろう。

他の寝台特急にも、影響が、出かねない。

「寝台特急『さくら』の安全については、国鉄と、われわれが協力して、全力をつくすつもりです」

と、十津川は、まず、いい、それに、つけ加えた。

「脅迫状を見ても、このサムライと呼ばれた男の狙いは、乗客を殺すこと自体には、ないと思われます。今、今日の『さくら』でも、殺人があるのではないかという質問がありましたが、それはないと、私は、考えています。犯人の欲しいのは、あくまでも、金です。そこに、犯人逮捕のチャンスがあると、われわれは、考えているわけです」

「すると、取引きに応じる恰好にするわけですね？」

「あれは、人質をとられているのと同じなんです。人質は、寝台特急『さくら』の乗客です。従って、誘拐事件と同じ扱いをしてもらいたいのです」

「それは、わかりますが、各社へ来た犯人の手紙は、今度は紙面にのせますよ。あなたは、犯人は、やみくもに、乗客を殺さないというが、絶対に、殺さないという保証はないわけでしょう。それなら、のせざるを得ない。もちろん、犯人と、金銭の受け渡しが始まったときに、報道は、控えますが」

記者の一人がいい、他の記者たちも、同感だといった。

副総裁の小野田は、眉をひそめて、本多に、小声で、話しかけた。

「止められないかね？」

「要請することはできます。しかし、あの手紙が今度も無視されたとなると、犯人は、意地になって、『さくら』の乗客を狙うと思います」

本多も、小声で、答えた。

「そうなるかね？」

「絶対に、犯人は、そう出てくると思います」

「すると、あの脅迫状を、新聞にのせざるを得ないということかね？」

「あとで、この脅迫状のことが明るみに出て、その時、一人でも、乗客に、新しい犠牲者が出ていたら、大変な非難を浴びることになります」

「しかし、あの脅迫状が、明日の朝刊に出たら、明日からの『さくら』の乗客は、間違いなく、激減する」

「協力して、その期間を、短くしましょう。犯人が逮捕できれば、全てが、解決です」

と、本多は、いった。

「このサムライと呼ばれた男という犯人は、どんな人間だと、思いますか？」

記者が、質問した。

「私の個人的な意見で、構いませんか？」

十津川は、きき返した。

「構いませんよ」

「年齢は、四十歳前後と、思います。現在、どんな仕事をしているかわかりませんが、かつては、エリートと呼ばれていたことがあったに違いありません。従って、自らたのむところが強い男でしょう」

「何となくわかりますが、ばくぜんとしていますね」

「具体的な人物像がわかっていれば、逮捕していますよ」

と、いって、十津川は、苦笑した。

他の記者が、手をあげて、

「さっき、容疑者が、何人かいるといいましたが、その中に、今、十津川警部がいわれた人間像に該当する男は、いるんですか？」

と、きいた。

「私の個人的な考えで、捜査を進めるわけにはいきませんので、容疑者は、全員、マークしていくつもりです」

「犯人は、一人だと考えているわけですか？　それとも、共犯者が、何人かいると、考えているんですか？」

記者たちの質問は、広がっていく。

「わかりませんね。しかし、東京から九州まで走る列車の中で、乗客を殺し、新聞社に、脅迫状を送りつけたりするところをみると、共犯者がいる可能性は、強いと、思っています」

「最後に、国鉄の方におききしますが、犯人は、謝罪しろと、要求していますが、どうするつもりですか？」

「そうですね」

と、小野田は、ゆっくりと、いった。

「具体的に、どうしろといってはいませんから、犯人から連絡してくるのを待つつもりです」

5

記者会見が終わると、記者たちは、一斉(いっせい)に飛び出して行った。

十津川たちは、今後の方針を、検討することにした。

「問題は、犯人が、どう出るかだが、君たちの意見を聞きたい」

と、小野田が、本多と、十津川を見た。

「恐らく、犯人は、あの脅迫状が、新聞にのったことで、一応、満足すると思います」

本多が、いった。

「どんな風に、満足するのかね？」

「国鉄と、警察が、記事にするのを許可したわけですから、われわれが、取引きに応じることにしたと、犯人は、考えるはずです」

「記事にしたほうが、良かったというわけだね？」

「今の状況では、仕方がないと思います」

「犯人が、取引きを求めてくると思うかね？」

「思います。だからこそ、ここ二日間、犯人は、『さくら』の乗客に、何もしなかったんだと思いますね。犯人だって、むやみに、殺人を犯したいとは思っていないはずです」

「取引きを求めて来たら、応じたらいいんだね？」

「そうしてください。今度は、必ず、犯人を逮捕します」

「十津川君」

　と、小野田は、視線を移して、

「君は、犯人について、四十歳前後、元エリートといっていたが、なぜ、寝台特急『さくら』を狙うと思うね？」

「一番、簡単に考えられるのは、この列車に、個人的な恨みを持っているということだと思いますね。しかし、どうしても、サムライという言葉は、引っかかります」

「その言葉で、犯人が、何かを、語っていると、思われるのかね？」

「そうです。もし、サムライの理由がわかれば、自然に、犯人は浮かび上がってくると思っています」

「サムライか」

と、小野田は、呟いた。

「何で、サムライと、名乗っているんですかね」

北野が、いまいましげに、いった。

十津川にも、はっきりしたところは、わからない。

昔、エリートだったからだとは、思うが、違っていることも考えられる。ただ単に、カッコいいから、つけたかもしれないのだ。

「とにかく、犯人の出方を見るより仕方がありませんね」

と、最後に、本多が、いった。

テレビが、午後六時のニュースで犯人の手紙を取り上げたが、この時間では、すでに、下りの「さくら」は、東京を出発していた。

上りの「さくら」もである。

そのせいで、乗車率は、普段と変わらなかった。

十津川と、本多課長は、捜査本部に戻っていたが、北野から、そのことを知らされて、ほっとした。

　ただし、朝刊に犯人の手紙が、一斉にのる明日、月曜日からは、かなり減るだろうとは、思った。

「犯人には、早く、取引きを要求してきてもらいたいね」

　本多は、十津川に、いった。

　こうした事件では、一刻も早く、犯人を逮捕するしか、パニックを防ぐ方法はないのである。

　しかし、夜になっても、犯人は、国鉄本社に、連絡して来なかった。

　寝台特急「さくら」でも、事件は、起きなかった。

　翌日になった。

　恐れていた徴候(ちょうこう)が、昼頃から、現われてきた。

　今日の下り「さくら」の切符を、払い戻したいと、窓口に現われる客の数が、増え始めたのである。

　切符の売れ行きは、ぱたりと、止まってしまった。

　下り「さくら」の切符を、長崎・熊本行の「みずほ」に、買い替える客も、多かった。

　北野は、午後四時になると、下り「さくら」の発車する10番線ホームに、行ってみた。

　自分の眼で、確認したかったのだ。

普段なら、ホームには、二組や、三組の家族連れの姿があるものだが、今日は、子供連れの姿がなかった。

やはり、あの記事のせいだろう。

変に、ひっそりと、静かだった。

6

一六時一〇分。午後四時一〇分に、「さくら」が入線して来た。

いつものとおりの時間で、いつものとおりのブルーの車体である。

だが、いっこうに、乗客が、ホームに現われない。

売店で、みかんや、ウイスキーのポケットびんや、或いは、週刊誌を買った乗客が、次々に乗り込むのに、今日は、ひっそりとしたままである。

どかどかと、五、六人の男たちが、階段から、ホームに駈け上がって来たが、乗客ではなく、新聞記者たちだった。

テレビカメラも、入って来た。

「まだ、乗客は、一人も現われません」

テレビカメラの傍で、アナウンサーが、大声で、喋っている。

一六時二〇分になって、やっと、ホームに現われた。

Ｂ寝台カルテットの乗客が三人である。続いて、同じカルテットの客が、四人、階段をのぼって来た。

テレビのアナウンサーが、マイクを向けると、一様に、

「コンパートメントで、内側から、カギがかかるから、安心していますよ」

と、いった。

それに、カルテットの場合は、グループで旅行するので、恐怖感はないのだろう。

他のＢ寝台の車両は、いぜんとして、乗客の姿がない。

それでも、食堂車では、いつものように、材料の積み込みが、行なわれている。

発車間際になって、何人かの乗客が、ホームに、駈け上がって来た。

なかなか、乗るかどうかの決心が、つきかねていたのだろう。

あわただしく、乗り込もうとする乗客に、マイクが向けられる。

質問は、同じだった。

「サムライと呼ばれた男の脅迫状のことは、知っていますか？」

「乗るのは、恐くありませんか？」

「自分が狙われるとは、思いませんか？」

それに対する返事は、まちまちだった。

「ここ三日間、誰も殺されていないから、今日も、何ともないと、自分に、いい聞かせていますよ」

「おれたち、仲間と一緒だから、元気ですよ」

「寝なければ、大丈夫なんじゃないかな」

公安官や、長崎から帰京していた日下と西本の二人の刑事たちも、乗り込んだ。

北野は、1号車から、最後尾の14号車に向かって、ホームを歩いて行った。

どの車両も、がらがらだった。

ホームで一緒になった助役が、並んで、各車両をのぞき込みながら、

「乗車率は、いいところ十パーセントじゃないですか」

と、いった。

一六時三〇分。

ベルが鳴って、寝台特急「さくら」が、発車した。

寂しい発車だった。いつもなら、見送る人も、ホームにいるのだが、今日は、マスコミの人間だけである。

北野は、同じ10番線から出る寝台特急「みずほ」の様子も、見てみることにした。

「みずほ」は、長崎・熊本行である。

「さくら」が発車してから、四分後に、「みずほ」が、10番線に入って来た。

「みずほ」も、同じ十四両編成である。

北野は、ホームに立って、じっと、乗客の乗り具合を見守った。

「さくら」に乗るのをやめた乗客が、同じ長崎に行く「みずほ」に乗ってくれれば、国鉄としては、痛手は少なくてすむと、思ったからである。

だが、北野の期待するようには、いかなかった。

何人かは、「さくら」から、「みずほ」に乗りかえたようだが、乗車率は、いつもと、ほとんど、変わっていなかった。

多分、「さくら」に乗るのをやめてしまった乗客の大部分は、明日の飛行機に、変えたのだろう。

北野は、重い気分で、国鉄本社に、戻った。

秘書室と、総裁室の電話には、犯人から連絡があった時に備えて、テープレコーダーが、接続してあった。

小野田副総裁は、北野を見ると、首を振って、

「まだ、何の連絡もないぞ」

と、いった。

「下りの『さくら』は、がらがらでした。あの脅迫状の影響が、はっきりと、現われています」

「上りの『さくら』も、多分、同じだろうね。犯人は、上り、下りのどちらの列車と、いっていないからな」

「こうなると、早く、犯人が、取引きを要求して来て欲しいですね」

と、北野は、いった。

7

十津川は、今日の「さくら」では、殺人はあるまいと、考えていた。

犯人にしても、今、殺人を犯すのは、損だろう。いたずらに、殺人を重ねれば、国鉄が硬化するし、国民が、そんな殺人狂と取引きするのを、許さなくなるからである。

下りの「さくら」が、静岡を出た頃だった。

突然、国鉄本社の北野から、十津川に、電話が入った。

「今、連絡が入ったんですが、下りの『さくら』の車内で、爆発が起きたといっています」

「爆発？」

思わず、十津川は、大声で、叫んでいた。

亀井たちが、ぎょっとした顔で、十津川を見つめた。

腰を浮かしている刑事もいる。

「現在、列車は、どんな状態なんですか？　死者が出ているんですか？」

十津川は、急き込んで、いった。

思わぬ展開に、十津川も、落着きを失っていた。

「それが、まだ、どんな事態なのか、わからないのです。とにかく、今、わかっているのは、爆発があって、静岡の先で、『さくら』が、停車しているということだけです」

北野自身も、いらだっているのが、わかった。

詳細は、なかなか、報告されて来なかった。

十津川たちは、じっと、待つより仕方がなかった。

「犯人が、『さくら』に、爆薬でも、仕掛けたんでしょうか？」

亀井が、蒼い顔で、十津川を見ている。

「まさかね。そんなことはしないと思っていたんだが」

「死人が出ているとすると、対応が甘かったと、われわれも、国鉄側も、マスコミの非難の的になりますよ」

「そうだな」

「犯人は、いったい、何のつもりで、爆破なんかしたんですかね？　取引きを申し込んでくれば、応じる気でいるのに」

亀井が、腹立たしげに、いった。

「まだ、爆破かどうかわからない。それに、別の事件かもしれない」

十津川が、自分にいい聞かせるように、いった時、第二報が、北野から届いた。

「今、新しい情報が入りました。爆破ではなくて、『さくら』の4号車の寝台の一つから、突然、爆発音がして、白煙が噴き出したんだそうです。それで、列車を急停車させ、4号車の乗客を、別の車両に避難させたが、爆発は、起きなかったといっています」

「それでは、死者は、出ていないんですね？」

「出ていません。負傷者もないです。今、静岡県警のパトカーが、駆けつけて、4号車を調べています」

北野の報告は、それだけだった。

更に、一時間して、今度は、「さくら」に同乗していた日下刑事から、電話が入った。

「今、掛川の駅から電話しています」

「列車は、掛川に停まっているのか？」

「駅の手前二百メートルのところに停車して、今、県警で調べています」

「白煙が、噴き出して、大さわぎになったそうだね？」

「4号車は、パニックになりました。無理もありません。『さくら』の乗客が狙われるという新聞報道の直後ですからね。もし、いつものように乗客が、沢山乗っていたら、完全なパニックになって、怪我人が出たと思います。幸いといっては変ですが、乗客が少なかったので、怪我人が出ないですんだんだと思います」

「原因は、何だったんだ？　時限爆弾が、不発だったのか？」

「最初は、そう見ていたんですが、じつは、発煙筒だったと、県警はいっています」

「発煙筒？」

「そうです。それに、時限装置が、取りつけてあったようです。ちょっと待ってください」

「どうしたんだ？」

「今、発煙筒が置かれてあった4号車のベッドから、犯人が残したと思われるメモが見つかったといっています」

「どんなメモだ？」

「ええと、『これは警告だ。次は、ダイナマイトを置く。サムライと呼ばれた男』です」

8

電話が切れると、十津川は、亀井と、顔を見合わせた。

「発煙筒ですか」

亀井が、呟いた。

十津川は、肯いた。

「犯人は、ダメを押したんだ。これで、明日の『さくら』の乗客は、更に少なくなることは間違いない」

「すると、東京駅で、ベッドに、仕掛けておいたということでしょうか？」

「いや、東京駅では、『さくら』をはじめ、ブルートレインの、いわばラッシュアワーだ。おまけに客が少なく、マスコミ関係者の目も光っていた。不審な動きをすればすぐ目につく。セットするには、危険が大きすぎると思うね。乗客や車掌が、ほっと一息ついたころの静岡の手前あたりで、セットされたんだろう」

「すると、犯人は、静岡で降りた可能性がありますね」

「恐らくね。あるいは、十分後ぐらいに時限装置をセットして、何くわぬ顔で、今も、『さくら』に乗っているかもしれない」

「例の容疑者たちは、今度も、誰一人、動く気配がありませんね」

「そうなんだ。長崎から、東京に戻っている人間については、こちらで監視しているが、誰も、動いてはいない」

　十津川は、小さく、首を振った。

　なぜ、彼等が、一人も動かないのか。犯人ではないからなのか、それとも、犯人だが、警察の監視が厳しいので、自分が動かず、共犯者を、動かしているのか。

　二〇時二九分。

　掛川駅近くに、約一時間停車したあと、下りの「さくら」は、やっと、安全を確認して、動き出した。

　次の豊橋に着くと、何人かの乗客が、怯(おび)えて、途中下車してしまった。

　名古屋に着くと、ホームには、新聞記者たちや、テレビ局のカメラが、待ち構えていた。

日下が、名古屋で降りて、その模様を、十津川に、報告して来た。

「明日の朝刊には、大きく出ますよ」

と、日下が、いった。

「犯人も、それを狙って、発煙筒を、仕掛けたんだろう」

「国鉄を痛めつけるのが目的なら、成功ですね。明日の『さくら』には、ほとんど、乗客が、ないんじゃありませんか」

「静岡県警のほうは、どうかね？」

「静岡県警でも、静岡で下車した人間を、調べるといっていました」

「発煙筒と一緒に置かれてあったメモだがね。サムライと呼ばれた男に、間違いないのか？」

「前と同じワープロで、書かれていましたから、同一犯人だと思いますね」

「君と、西本君は、『さくら』に乗り込んでから、列車内を、見て歩いたんだろう？」

「そうです」

「その時、挙動不審な人間に会わなかったかね？」

「残念ですが、その時は、気がつきませんでした。申しわけありません」

「同乗していた公安官たちも、気がつかなかったんだろう？」

「まあ、仕方がないさ。犯人だって、用心しているんだからね。君は、静岡県警に寄って、捜査の進展状況を、知らせてくれ」

「わかりました」

「西本君は、まだ、『さくら』に乗っているんだな？」

「そうです。犯人は、静岡や、ここ名古屋で降りなかったかもしれませんから」

と、日下は、いった。

十津川は、受話器を置くと、亀井と二人、国鉄本社へ、顔を出してみた。

総裁秘書の北野は、さすがに、疲れ切った顔で、十津川たちを迎えた。

「参りました」

と、北野は、十津川に、いった。

「われわれも、犯人が、こんな行動に出てくるとは、思わなかったんです」

十津川は、正直に、いった。

「そうですね。死者が出なかっただけでも、良かったと思うようにしていますが、それで、また、確実に、乗客は減りますね」

「犯人からの連絡は、まだ、ありませんか？」

「そうです」

亀井が、きいた。

「待っているんですが、ありません。こうなると、一刻も早く、連絡して来てもらいたいと思っているんですが」

北野は、疲れた声で、いった。

「犯人は、痛めつけるだけ痛めつけておいてから、取引きを、いってくるかもしれませんね」

「例の容疑者たちは、動きませんか？」

「一人も動いていません。ただ、モンタージュの女だけは、いぜんとして、行方がわかりませんが」

「では、彼女が、今日、発煙筒を置いたんでしょうか？」

北野が、きいた。

十津川は、ちょっと考えてから、

「時限装置とか、発煙筒というのは、どうも、男の発想のような気がしているんです。それに、列車に乗っていたうちの刑事も、モンタージュの女を見てはいません」

「すると、他にも、われわれの知らない男の犯人がいるということですか？」

北野が、眉をひそめて、十津川と、亀井を見た。

「それはないと、思うんですが――」

十津川は、語尾を、あいまいにした。

容疑者たちの監視は、きっちりやっている。それには、自信がある。

それなのに、犯人は、自由に動き廻っているような気がして仕方がなかった。

（ひょっとすると――）

と、十津川は、少しばかり、自信がなくなってきていた。

夜おそくなっても、犯人から、国鉄本社に、連絡はなかった。

翌日の朝刊には、予想したとおり、下りの「さくら」の事件が、大きく、取りあげられた。

乗客の一人が撮ったという写真をのせた新聞もある。

4号車の車内に白煙が、もうもうと、立ちこめている写真だった。

これで、「さくら」の乗客は、ますます減るだろうとも、書いてあった。

〈赤字国鉄に、また痛手（いたで）。早い解決が望まれる〉

という文字もあった。

十津川と、亀井は、もう一度、国鉄本社へ出かけた。

そろそろ、犯人が、連絡してくる頃だと、考えたからである。

同じ思いらしく、副総裁の小野田も、詰めていた。

電話機には、テープレコーダーが、接続してある。

なかなか、犯人から、連絡して来ない。

どうしても重苦しくなる空気に、逆らうように、十津川は、煙草をくわえて、火をつけた。

「一度、北野さんに、ききたいと、思っていたんですがね」

と、十津川は、北野に、話しかけた。

「何ですか？」

「犯人が署名しているサムライという言葉ですが、国鉄の技術者の中には、こういう言葉で呼ばれた人たちが、いるんじゃありませんか。たとえば、新幹線開通に燃えたサムライたちとか、――トンネルに挑んだサムライたちとか、そういった人たちが、いると思うんですが？」

十津川がいうと、北野は、硬い表情になって、

「十津川さんは、国鉄職員が、犯人だというんですか？」

「元職員です。犯人は、サムライと呼ばれた男と、過去形にしていますからね。エリートだったが、挫折した人間という気がするわけです」

「確かにサムライたちといった言葉で呼ばれる職員もいますが、私の聞いた範囲では、挫折した人間はいないし、ましてや、こんな犯罪に走るような人間はいませんよ」

北野は、強い声で、いった。

国鉄の人間の北野にすれば、当然の言葉だろう。

十津川にも、北野の気持ちは、よくわかる。十津川も、最近、元警察官の犯罪が増えて、嫌な気分になっていたからである。

重苦しい空気を、変えようとしたのだが、かえって、一層、暗く、重い空気になってしまった。

十津川は、新しい煙草に、火をつけた。

亀井は、部屋の隅に置いてあった朝刊を、手に取って、眼を通している。

小野田は、ソファに腰を下ろし、じっと、テーブルの上の電話機を睨んでいた。

昼になった。が、犯人からの連絡はない。

若い女子職員が、昼食を運んで来てくれた。

「食べてください」

と、北野が、十津川と亀井に、いった。

亀井は、箸（はし）を動かしながら、十津川に、

「犯人も、今頃、昼食を、とっているんでしょうか?」

と、小声で、いった。

「そうかもしれないし、電話の前に座って、かける時期を考えているかもしれない。多分、後者だろうと思うがね」

十津川が、いった時、それを待っていたように、電話が、鳴った。

小野田が、腕組みを解いて、受話器を取った。

「総裁か?」

と、男の声が、いった。

「総裁は会議に出ている。私は、副総裁の小野田だ」

「まあ、いいだろう。取引きする気になったかね?」

男は、落ち着いた声で、きいた。

八章　新たな要求

1

「何が欲しい？」

小野田が、きくと、相手は、皮肉な調子になった。

「金以外に、今の国鉄に、何があるんだ？　何を、おれにくれるんだ？」

「いくら欲しい？」

「前と同じ二億円にしておく。赤字の国鉄に、それ以上、要求しては、悪いからな」

男は、フフッと笑った。

「どうすればいい？」

小野田が、感情を努めて殺して、きいた。

ともすれば、相手に向かって、怒鳴りたくなってくるからである。

「まず、明日までに、二億円の現金を用意しておけ」

「それを、どこへ持って行くんだ？」

「それは、明日の午後に、また、電話する。だから、明日の昼までに、二億円と、先日と同じ布製のボストンバッグ四つを、用意しておくんだ。今日は、それだけでいい。それから、今日出発する『さくら』では、何も起きない。それは、約束するよ」

「君は、何のために、乗客を――」

いいかけて、小野田は、やめてしまった。

相手が、電話を切ってしまっていることに、気が付いたからである。

「いいたいことだけ、いいやがって」

と、小野田は、腹立たしげに、いった。

亀井が、すぐ、他の電話で、電話局に、問い合わせた。

その結果、今の電話は、静岡市内の公衆電話からだとわかった。ただし、正確な場所はわからない。

「静岡？」

十津川が、きき返すと、亀井が、

「静岡なら、納得できますよ。昨日出発した下りの『さくら』に、発煙筒を仕掛けた犯人は、静岡で下車したのではないかと、思われていたわけです。それが、証明されたことになりますよ」

「しかし、カメさん。昨日の下り『さくら』が、静岡に着くのは、一九時〇一分だ。発が一九時〇三分。その時に、犯人が、降りたとすれば、十七時間も、静岡にいることになる。何か変だとは、思わないかね？」

「ひょっとすると、静岡が、犯人の郷里なんでしょうか？」

「何か関係があると思うね。そうでなければ、半日以上も、静岡に、とどまってはいないよ。午後七時に、静岡に降りたのなら、その日の中(うち)に、東京に帰れるんだ。もし、昨日の中に、東京に帰っていれば、今の電話で、明日などといわずに、今日中に、二億円を、奪取できるわけだからね」

「静岡へ行ってみますか？」

「いや、今の段階で、行ってみても、調べようがないだろう。何のために、犯人が、静岡に泊まったか、わからないんだから」

と、十津川は、亀井に、いってから、小野田に向かって、

「改めて、おききしますが、二億円は、用意されますか？」

「しなければ、仕方がないだろう。これ以上、『さくら』の乗客を減らせないからね。ただし、絶対に、犯人を逮捕してくれなければ困る。二億円を、相手に奪われなかったとしても、犯人を取り逃がしたら、今度のように、相手は、乗客を殺すことになるからね」

と、小野田は、いった。

それをいわれるのは、十津川には、辛かった。

確かに、二億円は守ったが、犯人は取り逃がして、そのために、「さくら」の乗客が、また一人、殺されてしまったのだ。

列車内という限定された場所とはいえ、不特定な乗客を、一人一人、守るのは、不可能に近い。

だから、小野田のいうとおり、犯人を逮捕しなければ、事件は、解決しないし、犠牲者が、また出る可能性がある。

「それに、これで、モンタージュの女をのぞく十二人の容疑者は、電話の男ではないと、わかったわけじゃありませんか？」

北野が、十津川に、いった。

「そのとおりです。あの十二人は、監視していますから、静岡へ行っていれば、すぐ連絡が入ります。今、電話して来た男は、十二人の中にはいません」

「主犯者ということになるんですか？」

「と、思いますが――」

「違うんですか？」

「正直にいいましょう。今の電話の内容と、調子からみると、今の男が、主犯のように思えます。十二人の中に、共犯がいるとは、思っていますが、ひょっとすると、それは、われわれの考え違いということも、あり得ますね」

「しかし、エーテルをかがされた時のことを考えると、どうしても、あの列車のカルテットにいた人間が、犯人の一人と思われるんですが」

と、いったのは亀井だった。

十津川も、だから、迷っているのだ。

2

国鉄側は、改めて、二億円と、四つの布製のボストンバッグを、用意することになった。一六時三〇分には、いつものとおり、寝台特急「さくら」が、東京駅を出発した。

どの車両も、がらがらだった。前日よりも、更に、乗客の数は、減っていた。

乗っているのは、グループの若者と、公安官と、刑事だけの感じである。早く、犯人を逮捕しないと、今に、乗客は、一人もいなくなってしまうかもしれない。

十津川は、ホームで、列車を見送った。

がらがらの車内を、自分の眼で見て、絶対に、犯人を逮捕しなければならぬ、と、自分に、いい聞かせるためだった。

青い列車が、ゆっくりと、十津川の眼の前を流れて行く。

やがて、それは、赤い尾灯だけを、十津川の網膜に残して、消えて行った。

今日も、事件に備えて、公安官や、刑事が乗り込んでいるが、犯人のいうとおり、何も起きないだろう。

もし、今日、列車の中で、何かやれば、国鉄側が、二億円を出し渋るかもしれない。犯人は、そう考えているに違いないからである。

（静岡か）

ホームの階段をおりながら、十津川は、呟いた。

どうしても、犯人が、静岡にいることが、気になって、仕方がない。

亀井のいうように、静岡が、犯人の郷里か、或いは、かつて住んでいたところというのなら、今のところ、さして、問題はない。しかし、明日、静岡で、何かやろうとしているのなら、問題になってくる。

(静岡で、二億円を奪取しようと計画しているのだろうか?)

そのために、地形を調べているのではないのか。

寝台特急「さくら」は、一九時〇一分に、静岡に着き、二分間停車する。その間に、二億円を奪い取る気でいるのだろうか?

しかし、明日、犯人が、どう出るのか、十津川には、見当がつかなかった。

十津川と、亀井は、いったん、警視庁に戻り、翌日の朝になってから、改めて、国鉄本社へ出向いた。

今までのところ、十津川が予想したとおり、「さくら」では、何の事件も、起きていなかった。

上り、下りの「さくら」とも、定刻どおりに、運行していた。

総裁室には、四つの布製のボストンバッグに詰められた二億円が、テーブルの上に、並べられている。

「警部に、前もって、お願いしておきたいことがある」

と、改まった口調で、小野田副総裁が、十津川に、声をかけた。

「犯人を、絶対に逮捕しろということなら、そのつもりで、対処することを、約束しますが」

「もし、失敗した時のことだがね。無理に、二億円を奪い返そうとしないで欲しい」

「つまり、犯人に、やってしまえということですか？」

「あくまでも、逮捕して欲しいことに、変わりはないのだ。ただ、私は、乗客の安全を第一に考えなければならない。そこを、わかって欲しいのだ」

「わかります」

と、十津川は、いった。

犯人は、今度、二億円奪取に失敗したら、自棄（やけ）になって、どんな手段に出るかわからない。

すでに、少なくとも二人の乗客を殺している犯人である。警告どおり、列車に、爆発物でも仕掛けるかもしれない。そうなれば、何人の乗客が死ぬか、予測がつかない。小野田は、それを心配しているのだ。

国鉄側の責任者としては、当然の心配だったし、十津川にも、よくわかった。

しかし、警察の人間として、犯人逮捕に失敗した時には、二億円を、渡してしまいますと、いうことは、十津川には、できなかった。

だから、「わかります」とだけ、いったのである。

昼が近くなってくるにつれて、しだいに、緊張が、高まってきた。

昨日も、犯人は、十津川たちが、昼食をとっている時に、電話してきたのである。

今日は、サンドイッチと、コーヒーで、昼食をすませることになった。

昼食がすんでも、電話は、鳴らなかった。

午後一時、二時を過ぎても、犯人からの連絡はない。

「どうしたんですかね？」

北野が、硬い表情で、十津川を見た。

「わかりませんが、わざと、われわれを、いらだたせているのかもしれません」

「まさか、犯人が、取引きを中断して、また、殺人に走るようなことは、ないでしょうね？」

「犯人だって、金が欲しいんです。きっと、連絡して来ますよ」

十津川は、断定するように、いった。

しかし、三時を過ぎ、四時になっても、電話は、鳴らなかった。

「午後四時です」

と、北野が、また、十津川を見た。

「わかっています」

「下りの『さくら』は、あと三十分で発車します。なぜ、犯人は、連絡して来ないんでしょう？　早く連絡して来ないと、『さくら』には、乗れなくなりますよ」

「今度は、他の方法を、使う気かもしれません」

「しかし、犯人は、あれだけ、『さくら』に固執しているんです。それが、なぜ、今度は、『さくら』を、使わないんでしょう？」

北野は、いらいらしたように、立ち上がって、腕の時計を、見ていた。

四時二〇分になっている。

一六時三〇分になれば、「さくら」は、出発する。

それなのに、まだ、犯人からの連絡はない。

四時半になった。

下りの「さくら」は、出発してしまった。

いぜんとして、犯人からの連絡はない。

（犯人は、二億円奪取を諦（あきら）めてしまったのだろうか？）

ふと、十津川まで、疑心暗鬼（ぎしんあんき）に、とらわれ始めた。

ただ諦めたのならいいが、また、乗客を殺す気になったのだとしたら――

午後五時になった。

電話が鳴った。

小野田が、はっとした顔で、受話器を取った。

「三億円を、用意したな？」

聞き覚えのある男の声だった。

「ああ、用意してある」

「秘書の北野ひとりが持って、新大阪(しんおおさか)行の『こだま285号』に乗るんだ」

「こだま？」

「一七時一六分発の『こだま』だ。早くしないと間に合わないぞ。北野が、ひとりで乗るんだ。1号車に乗れ。見張っているから、警察の人間が乗ったら、この取引きは、中止する」

「乗ってからどうするんだ？」

「乗ればいいんだ」

相手は、電話を切ってしまった。

北野は、三億円を詰めた四つの布製のボストンバッグを、両手に持った。二十キロを超(こ)す重さである。

「半分、私が、持ちましょう」

と、亀井が、いった。

「しかし、犯人は、私ひとりで来いと、いっていますが」

「大丈夫です。私は、乗りません。とにかく、急ぎましょう」

亀井が、半分を持ち、二人は、東京駅の新幹線ホームへ向かって、駈け出した。

十津川は、ちょっとおくれて、二人のあとを追った。

一七時一六分発の「こだま285号」は、すでに、16番線に入っていた。

十津川は、最後尾の16号車に乗り込んだ。

北野と、亀井は、ホームを、先頭車に向かって、駈けて行った。

息が、はずんでいる。北野は、亀井から、二つのボストンバッグを受け取ると、1号車に乗り込んだ。

「こだま」は、すいている。

北野が、座席に腰を下ろし、足先に、四つのボストンバッグを置いた時、列車は、ゆっくり、東京駅を離れた。

ホームに立っている亀井の姿が、見えなくなった。

北野は、それとなく、1号車の車内を見廻した。

十五、六人の乗客しか、乗っていなかった。

（この中に、犯人がいるのだろうか？　犯人は、どう連絡して来て、どこで、この二億円を奪おうとするだろうか？）

そんな疑問が、北野の頭を、かけめぐるのだが、これといった答えは、浮かんで来なかった。

気持ちを落ち着けようと、煙草を取り出したが、1号車が、禁煙車だったことを、思い出して、またポケットに、しまってしまった。

窓の外に、急に、光るものが、走り始めた。小雨が、降り出したのである。

新横浜(しんよこはま)に着いた。

犯人が、乗って来るのだろうかと、考えたが、誰も、1号車には、入って来なかった。

3

十津川は、窓の外に流れる風景を見ながら、犯人が、なぜ、この「こだま」を指定したのかを考えていた。

新幹線といった時、まず頭に浮かぶのは、「ひかり」のほうだろう。それなのに、犯人は、「こだま」を、いって来た。

どこが、違うのか？

車体の構造自体は、「ひかり」も、「こだま」も、変わりはない。

窓はもちろん、ドアも、走行中は、開けられないから、走行中に、二億円入りのボストンバッグを落とすとなれば、車掌室の窓しかないことになる。

車掌室の窓は、手動式で、大きさは、八十センチ四方ぐらいだから、楽に、ボストンバッグを、投げ落とすことが可能だ。

犯人は、車掌室の窓から、五千万ずつ詰めた四つのボストンバッグを、投げ落とさせる気かもしれない。

しかし、それなら、「こだま」より、「ひかり」のほうが、都合がいいのではないか？

なぜなら、「ひかり」は、名古屋、京都、大阪——と、停車駅が少ないからである。

特に、東京——名古屋間は、約二時間、停車せずに、走り続ける。

その途中で、二億円を車掌室の窓から投下させれば、名古屋まで、「ひかり」は停車せず、その列車に乗っている北野や、刑事の追跡を、まくことができる。

それに反して、「こだま」のほうは、ついさっき停車した新横浜をはじめとして、小田原、熱海、三島、静岡、浜松、豊橋と、停車していく。

駅と駅の間で、合図をして、二億円を投下させたとしても、すぐ、次の駅に、列車が停まってしまい、北野や、刑事が、降りて、追跡に移ることになる。

だが、犯人は、「こだま」を選んだ。

（車掌室の窓から、二億円入りのボストンバッグを、投下させるつもりでは、ないのだろうか？）

十津川は、考え込んだ。

犯人が、新幹線といった時、十津川が、最初に考えたのは、その方法だった。

新幹線は、いくつかの鉄橋を渡る。その時、犯人が、電話なり、目印なりで、北野に合図し、車掌室の窓から、河原に、ボストンバッグを、投下させるに違いないと、十津川は、思ったのである。

誘拐犯人などが、よく使う手だった。

河原に、人質を立たせておいて、車掌室の窓から、身代金を、投下させる。河原に、車を用意しておけば、素早く、身代金をのせて、逃げることが、可能だ。

しかし、その方法を使うのなら、「こだま」より、「ひかり」が、いいに、決まっている。

今度の犯人はかなり頭の切れる男だと、十津川は、見ていた。そんな犯人が、なぜ、「こだま」を使うのか？

（わからんな）

と、十津川は、首をひねった。

考えていても、仕方がないので、十津川は、立ち上がった。

先頭の1号車に、北野が、二億円を持って乗っている。

犯人も、この列車に乗っているのだろうか？　それとも、外部から、電話をかけて、北野に、指示する気でいるのか？

もし、犯人が、同乗しているとすると、十津川が、北野に近づくのは、危険である。犯人は、恐らく、十津川の顔を、知っているに違いないからだ。

十津川は、9号車まで歩いて行き、ビュッフェの隣りにある電話で、亀井に、連絡をとった。

「間もなく、小田原だが、犯人から、電話で連絡して来てはいない。例の容疑者たちの動きは、わかったかね？」

「名前のわからない女の居所は、いぜんとして、わかりません。しかし、他の人間については、把握しています。今のところ、東京駅にも、列車にも、近づいていません。それから、渡辺車掌ですが、今日、『さくら』ではなく、『はやぶさ』に、乗車しています」

「『はやぶさ』は、『さくら』のあとから発車するんだったね？」

「そうです。十五分後に、発車しています」

「それなら、問題はないだろう。あとの容疑者たちは、この『こだま285号』が、東京を発車する時点で、居所は確認できているわけだね？」

「そうです。あの女を、のぞいてですが」

「引き続き、監視するように、伝えておいてくれ」

「わかりました。そちらの状況はどうですか？　警部お一人で、大丈夫ですか？」

「今もいったように、静かだよ。犯人が、どうやって、北野さんに連絡してくるのかわからん。この『こだま』の車内で取引きしようとしているのか、電話してくるのかもね。それに、このあとの『ひかり』に乗れば、名古屋で、追いつけるんだ。その方法を使うのかも、わからない」

「実は、日下と清水の二人が、『ひかり』で追いかけています。名古屋までの間で、取引きがあれば、間に合いませんが、もし、名古屋以後なら、二人が、名古屋で、乗り込みます」

「わかった」

4

十津川は、電話を切ると、12号車グリーン車まで戻り、車掌長に会った。

警察手帳を見せて、事情を説明した。

もちろん、正田という車掌長も、「さくら」の事件のことは、よく知っていた。

「それで、お願いですが、1号車の北野さんを、時々、見て来て欲しいのです。犯人は、直接、彼に接触するか、電話でかわかりませんが、必ず、連絡してくるはずです。それに、注意しておいて、欲しいのです」

と、十津川は、頼んだ。

「わかりました。専務車掌にも、いっておきます。警部さんは、どこにおられますか?」

「私は、ビュッフェにいます」

と、十津川は、いっておいた。

彼は、ビュッフェに戻ると、コーヒーを頼み、それを飲みながら、窓の外に眼をやった。

相変わらず、小雨が降っている。

小田原に着いた。

だが、何も起きそうにない。

すぐ発車した。

熱海、一八時〇九分。

夜が、濃くなってきた。

1号車まで行って来た正田車掌長が、ビュッフェまで、戻ってくると、十津川の隣りに立って、

「北野さんを、見て来ました」

と、小声で、いった。

「どんな様子でした？」

「やはり、落ち着かない感じでした。二、三分、見ていたんですが、話しかける人は、いませんでした。それから、専務車掌の朝井(あさい)君に、しばらく1号車を見張っているように、いって来ました」

「申しわけありませんね」

「何をおっしゃるんです。これは、国鉄の問題ですからね」

と、正田車掌長が、いった。

（犯人は、どこにいるのだろうか？）

十津川は、窓の外を見ながら、考え込んだ。

煙草に、火をつける。

亀井の話では、あの女をのぞく十二人の容疑者には、これといった動きはないという。

彼等の他に、犯人がいるのではないかという疑問が、また、頭をもたげてきた。

あの十二人以外に、犯人はいないと考えていたが、何か、見落としているのではないかという不安である。

三島に、着いた。すぐ発車である。

一八時二三分。

相変わらず、北野に対して、何の連絡もない。

一八時四〇分。

車内放送があった。

——国鉄本社の北野さま、お友だちから、電話が入っております。9号車の電話室まで、おいでください。

(来たな)

と、十津川は、思った。

両手に、四つのボストンバッグを下げた北野が、息を切らしながら、ビュッフェに、やって来た。

そこにいる十津川を、ちらりと見てから、電話室に入って行った。

十津川は、窓の外に眼をやりながら、電話室の方に、気を配った。

だが、彼の眼が、突然、窓の外に、釘づけになってしまった。

一瞬、電話室のことを忘れた。

窓の外の暗闇の中に、走行していた列車が、見えてきたのである。

相手は、スピードを落とし、ゆっくりと、走っている。

長い列車である。普通の列車ではなかった。

車内の灯りで、並んでいるベッドが見える。

通路に立って、こちらを見ている乗客がいる。

夜行列車だった。

「さくら」だった。

「さくら」の文字も、読むことができた。

何か、不思議になつかしい、奇妙な気分になっている間に、十津川の乗った「こだま」

は、あっという間に、「さくら」を追い抜いた。

（そうか、静岡で、「さくら」に間に合うんだ）

と、思った時、電話室から、北野が出て来た。

「静岡で、『さくら』に乗れと、指示して来ました」

北野は、前を向いたまま、十津川にいい残して、ビュッフェを出て行った。

やはり、犯人は、寝台特急「さくら」に、拘っているのだ。

新幹線「こだま」に乗れと、指示して来たのは、警察の眼を、「さくら」から、引き離すためだったのだろう。

北野が、二億円を持って、「こだま」に乗ったとき、「さくら」は、すでに、四十六分も前に、東京駅を出ていた。

つまり、十津川たちの視界の外に、出てしまっていたのである。

だから、「さくら」を使っての取引きは、もうないものと考えてしまった。十津川は、「こだま」から、二億円を投げ落とせと指示してくるか、それとも、「ひかり」で、追いかけてくるかだろうと、読んでいた。いや、読んでしまったと、いうべきだろう。

だから、「さくら」での取引きは、ないと、見てしまったこともあるし、犯人も、その間は、「さくら」の乗客は、殺さないだろうと、思ったからでもある。

多分、国鉄側も、公安官を、乗せていないのではないか。

間もなく、この、「こだま」は、静岡駅に着く。

「こだま」の静岡着が、一八時五二分で、「さくら」が、着くのが、一九時〇一分。

「さくら」は、静岡に、二分停車して、一九時〇三分に、発車する。

乗りかえの時間を考えると、ほとんど、ぎりぎりと、考えていいだろう。

犯人は、それを狙って、北野を「こだま」に、乗せたに、違いないのだ。

（犯人は、「さくら」に、乗っているのだろうか？）

十津川は、忙しく、頭を回転させた。

違うなと、思った。

「さくら」の車内から、「こだま」に、電話は、かけられないからである。

と、いって、この「こだま」に、乗っているとも、十津川は、思わなかった。

（静岡にいたのだ！）

と、思った。

犯人は、静岡から、動かなかったのだ。

そして、東海道本線のホームから、じっと、新幹線ホームの方を見つめているのではないだろうか？

「こだま」で、追いかけて来て、静岡から、「さくら」に乗り込む乗客は、少ないだろう。

現在の「さくら」を考えれば、なおさらである。

とすれば、息せき切って、駅構内を走り、「さくら」に乗り込む人間は、北野の他に、警察関係者しかいないに違いない。

犯人は、静岡駅で、それを、見定めるつもりなのだ。

あと二、三分で、静岡駅に着いてしまう。

(どうしたらいいのか?)

「こだま」を降りて、東海道本線の「さくら」に乗り込むためには、駈けなければならない。警察手帳を示して、改札口を、駈け抜けるわけにはいかなかった。そんなことをすれば、自分が、刑事であることを、監視しているであろう犯人に、気づかれてしまうからである。

それが、わかったら、犯人は、取引きを中止して、姿を消してしまう恐れがあった。

十津川は、いきなり、12号車の車掌室へ駈け込んだ。

「捜査に、協力してください!」

と、十津川は、正田車掌長に、頭を下げた。

「協力していますよ」

「いきなりで、当惑されるでしょうが、その制服を貸してくれませんか」

「これをですか？」

正田車掌長は、びっくりして、自分の着ている車掌の制服を見た。

「そうです。どうしても、必要なのです。今、事情を説明している時間はありませんが、犯人を逮捕するために、必要です。お願いします」

「しかし――」

「時間がないんです」

十津川は、自分から、背広を脱ぎだした。

「しかし、警部さん」

「あとから、国鉄の偉いさんには、了解をとります。協力してください」

「いいでしょう」

正田車掌長が、肯いた。

九章　再び「さくら」

1

狭い車掌室で、着がえが、始まった。

正田車掌長が、素早く、制服を脱ぎ、十津川が、それを、身につけていく。

日本人の標準的な体型の十津川は、こんな時には、便利である。

正田車掌長も、似たような身体つきなので、ぴったりとはいえなかったが、着ることができた。

帽子も、借りて、かぶる。

「申しわけありませんね」

と、十津川がいうと、正田は、十津川の背広を着ながら、

「国鉄のためですから、平気ですよ。無線電話で、連絡をとって、浜松か、豊橋で、予備の制服を、用意しておいて、もらいます」

「その時に、北野さんが、犯人からの連絡で、静岡から『さくら』に、乗りかえることになったことも、伝えておいてください」

と、十津川は、頼んだ。

そんな会話を交わしている間に、「こだま」は、静岡駅に滑り込んだ。

車掌の制服を着た十津川は、空にしてもらった車掌用の鞄を下げて、ホームに降りた。

1号車から、四つのボストンバッグを、重そうに下げた北野が、降りたのが、見えた。

十津川は大股に近づいて行った。

北野に並ぶと、

「黙って、聞いてください」

と、小声で、いった。

北野は、びっくりした顔で、十津川を見てから、

「あッ、十津川さん」

「犯人は、ここで、『さくら』に乗れとだけいったんですか？」

「5号車の9の下段といいました」

「その席に行けと？」

「そうです」

「じゃあ、指示どおりにしてください。私は、先に行きます」

十津川は、足を早めて、北野の傍を離れた。

十津川たちを乗せて来た「こだま」は、四分停車なのでまだ動かない。

静岡駅は、大改造されて、新幹線も高架だが、在来線も、高架になっている。

階段を駈けおり、コンコースを、在来線の方向に向かう。

乗りかえの改札口がある。

警察手帳を見せようかと思ったが、犯人が、どこで見ているかわからないので、手をあげて、改札口を通り抜けた。

駅員は、ちょっと、びっくりした表情をしたが、何もいわなかった。

3番線と、4番線が、在来線の東海道本線下りである。

階段を、ホームに向かって、上がって行った。

まだ、寝台特急「さくら」の姿は、見えなかった。

十津川は、鞄を置き、それとなく、ホームを見廻した。

ホームの乗客の姿は、まばらだった。

問題の「さくら」に、ここから乗ろうという乗客は、ほとんどいないのだろう。

北野が、重いボストンバッグを持って、息をはずませながら、階段を上がって来た。

ホームに上がると同時に、ボストンバッグを置いて、大きく、息を吐いている。

二億円で、二十二、三キロあるはずだから、無理もなかった。

ブルートレイン「さくら」の前照灯が、見えて来た。

眼玉のように光る二つの灯が、急速に近づき、駅の明かりの中で、「さくら」のヘッドマークが、はっきりする。

十津川の眼の前を通り過ぎる車両は、どれも、がらがらだった。

「さくら」が、停車した。

十津川は、最後尾に近い車両に、乗り込んだ。

二分間の停車で、「さくら」は、静岡駅を発車した。

2

北野の乗り込んだ5号車も、がらがらだった。

上下二段の寝台は、すでに、セットされている。

北野は、犯人のいった9下段に向かって、通路を歩いて行った。

いつもの「さくら」なら、乗客は、まだ寝ていなくて、寝台に腰かけて、お喋り（しゃべ）をしたり、駅弁を食べたり、週刊誌を読んだり、或いは、通路に出て、窓の外の夜景を眺めている頃である。

今日の「さくら」は、通路には、人影がなく、ひっそりと、静まり返っている。

どの寝台にも、乗客の姿はない。

いや、若い男が二人、ウイスキーを飲んで、盛んに、大声をあげているのに、ぶつかった。どうやら、友だちらしい。

5号車に乗っていたのは、結局、その二人だけだった。

北野は、まん中に近い9の下段まで行き、四つのボストンバッグを置き、ベッドに腰を下ろした。

一両の二段式B寝台は、1上下から、17上下まであるから、9下は、ほぼ、中ほどである。

「こだま」から、この「さくら」に乗りかえるのに、四つのボストンバッグを下げて、新幹線ホームから、在来線のホームまで行くのが、やっとだった。ぎりぎり、十一分しかなかったからである。

だから、静岡駅の誰かに、連絡するという余裕がなかった。

もちろん、犯人は、それを狙って、北野を、「こだま」に乗せたのだろう。

犯人が、「こだま」を指定したので、「さくら」には、刑事が乗っていない。

（この「さくら」に乗っているのは、十津川警部だけか）

と、北野は、思う。

他に、車掌長や、専務車掌がいるとしても、彼等には、他の乗客を守るという仕事があるから、全面的に頼るわけにはいかないだろう。

「さくら」では、今日は、犯人も、殺人はやらないだろうと考え、公安官も、同乗させていない。

（頼るのは、十津川警部と、自分だけか）

北野は、気持ちを落ち着かせようとして、煙草に、火をつけた。

さっきの若者二人の大声が、ここまで聞こえてくる。

あの二人は、ドアに近い15、16の下段に向かい合って、腰を下ろしていたと思う。

ちらりと見ただけだが、二十二、三歳で、運動選手のような身体つきをしていた。

それに、二人連れということも、心強くて、敬遠されているこの「さくら」に、乗ったのだろう。

（それとも、あの二人が、犯人だろうか？）

他に、乗客のいないこの5号車で、彼等に襲われたら？

北野は、さほど、腕力に自信があるほうではない。あの二人に、同時に飛びかかられたら、かなわないだろう。

（どうしたらいいだろうか？）

車掌の助けを借りるのがいいが、車掌室に行っている間に、二億円を、奪われてしまう危険がある。

といって、四つのボストンバッグを持って、車掌室へ行くわけにもいかなかった。

犯人が、9下段に乗れと、指示しているからである。

北野は、小野田副総裁から、指示されていることがあった。

犯人が、逮捕できそうもなかったら、二億円は、渡してしまえという指示だった。

それだけ、「さくら」が痛めつけられているということでもあった。

連続した殺人事件と、犯人の声明のせいで、「さくら」は、今、まるで空気を運んでいるようなものになってしまっている。このままでいけば、「さくら」は、動かせなくなるかもしれない。

ふいに、通路に足音がして、こちらに、近づいて来た。

北野は、自然に、身構える姿勢になった。

だが、現われたのは、専務車掌だった。

「切符を拝見します」

と、いわれて、北野は、ほっとした。

北野は、自分の身分証明書を見せて、小声で、事情を説明した。
四十五、六歳の専務車掌は、眼を大きくして、聞いていたが、
「わかりました。私が、一緒に、おりましょうか？」

「いや、それでは、犯人が、警戒して、連絡して来ません。だから、次の4号車で、待機していてください」

「それで、いいですか？」

「お願いします。この車両に、若い男が二人乗っていますが、あの二人は、どこまでの切符を持っているんですか？」

「15、16の下段の乗客ですね。あの二人は、終着の長崎までです」

「他に、5号車の乗客は？」

「いません」

と専務車掌は、いってから、

「本当に、お一人で、大丈夫ですか?」

「一人にしておいてください」

と、北野はいった。

(十津川警部は、どこにいるのだろう?)

3

十津川は、先頭車に向かって、通路を歩いて行った。

どの車両も、乗客の姿がなく、ひっそりと静まり返っているからだった。

(ひどいものだな)

と、歩きながら、思う。

改めて、今日こそ、犯人を逮捕しなければならないと、自分に、いい聞かせた。

こういう事件では、犯人逮捕だけが、乗客を呼び戻す力になり得るのである。

9号車まで来たとき、9号車の車掌室から、専務車掌が、顔を出して、おやッという顔で、十津川を見た。

「なぜ、新幹線の車掌が、この『さくら』に乗っているんですか?」

と、相手が、きいた。

十津川は、まわりに、他の乗客がいないのを確認してから、警察手帳を、相手に見せた。

「この制服は、新幹線の車掌のものですか？」

と、十津川がきくと、専務車掌は、笑って、

「そうですよ。知らなかったんですか？」

「いや、国鉄の車掌の制服は、みんな同じだと、思い込んでいましたのでね」

「違いますよ。何よりも、新幹線の車掌のものには、左肩のところに、ワッペンがついているでしょう」

相手にいわれて、十津川は、気がついた。

肩というより、袖の上の方に赤くふちどりした、新幹線の流線形と、車両を図案化して組み合わせたワッペンが、取りつけてあり、そこに「車掌長」と、赤く、ぬいとられてあった。

（この制服を着て、犯人の眼をごまかしたつもりだったが、もし、犯人が、国鉄の車掌の制服にくわしかったら、ばれているかもしれない）

十津川は、急に、不安になってきた。

新幹線の車掌長が、静岡で「こだま」を降りて、ブルートレインの「さくら」に乗り込むのは、おかしいのだ。

犯人は、静岡駅で、監視していただろう。

そして、その不自然さに、気付いたとしたら？

「この列車に、静岡駅から乗って来た乗客はいますか？」

と、十津川は、きいた。

その乗客こそ、犯人に違いないからである。

しかし、専務車掌は、意外にも、

「いや、静岡から乗る乗客は、一人もいないことになっています」

と、いった。

「本当ですか？」

「ええ。東京駅を出るときに渡されたメモでは、静岡から乗ってくる乗客は、一人もいないことになっています」

「しかし、静岡で、今日、切符を買ったかもしれません」

「それは、あるかもしれませんが、この『さくら』に乗ってくる乗客がいるとは、思えませんが」

「とにかく、もう一度、車内を廻って、車内改札をやってくれませんか。次の停車駅は、どこですか？」

「豊橋です」

「時間は？」

「あと二十分ほどありますね」

「その間に、他の車掌さんと協力して車内改札をやってください」

「つまり、静岡から乗って来た乗客がいるかどうか、調べるんですね？」

「そうです。お願いします」

「警部さんは、どこにおられますか？」

「5号車にいます」

と、十津川は、いった。

十津川は、食堂車を通り過ぎ、5号車へ入って行った。

9下段に、北野が、いた。

十津川は、彼の前に腰を下ろすと、

「大丈夫ですか？」

と、声をかけた。

「私は、大丈夫ですが、それは、新幹線の車掌長の制服ですね」

「そうなんです。犯人の眼をあざむくために、『こだま』の車内で、車掌長から、借りたんですが、あとで、この列車の車掌のものと違うことが、わかりましてね。犯人も、気が付いていれば、ちょっとばかり、まずいなと思っています」

「これから、どうしたらいいと、思いますか？」

「待つんです。名古屋あたりで、公安官や、刑事が、乗って来ると思います。連絡を、頼んでおきましたからね。それから、今、車掌さんに、車内改札を、やってもらっている。私は、犯人が、静岡駅で、北野さんが、一億円を持って、乗ってくるのを見張っていたと、思うのですよ。刑事が来ていないかもね。そのあと、この列車に、乗ったんだろうと」

「つまり、静岡駅から、乗った人間が犯人というわけですか」

北野が、眼を輝かせて、肯いた。

十二、三分して、専務車掌が、二人のところへやって来た。

「残念ですが、静岡からの切符を持っている乗客はいませんでした」

4

「そんなはずはないんだが――」

十津川は、言葉を濁して、考え込んだ。

犯人は、静岡駅にいたに違いない。新幹線の「こだま」には、静岡から電話をかけ、二億円を持った北野が、「こだま」を降り、在来線のホームまで、駈けてくるのを、じっと、見張っていたはずである。

そのために、犯人は、わざわざ、北野を、「こだま」に乗せ、静岡で、「さくら」に乗りかえさせたに違いないのだ。

他に、犯人が、静岡を使う理由が、十津川には、考えられない。

問題は、その後である。

犯人は、静岡から、「さくら」に、乗ったはずだと思う。

犯人の目的は、あくまで、二億円を奪い取ることだろう。

それならば、当然、この「さくら」に乗ったはずだ。新幹線なら、外部から電話をかけて、中に乗っている北野に、あれこれ指示できるが、「さくら」では、外から、電話は、かけられない。車内にいて、接触するより仕方がないのである。

だから、犯人は、静岡から、この「さくら」に、乗ったに違いない。

「間違いありませんか?」

と、十津川は、念を押した。

「間違いありません。何しろ、一車両、十人以下の乗客しかありませんから、間違いありませんよ」

専務車掌は、自信ありげに、いった。

「多分、こうだと、思いますよ」と、北野が、いった。

「犯人が、静岡から乗ったとしてですが、共犯者がいて、それが、東京から乗っていたんじゃありませんか。切符を二枚買って乗っていて、その一枚を、静岡から乗って来た犯人に渡す。二枚の切符に、鋏を入れるのは、うまくやればできると思いますからね」

「共犯者ですか」

十津川が、その時考えたのは、まだ、名前と住所のわからない女のことだった。

十津川は、彼女のモンタージュを、専務車掌に見せた。

「この『さくら』に、この女が、乗っていませんか?」

と、きくと、相手は、

「そのモンタージュなら、持っていますが、この列車には、乗っていませんね」

「それ、間違いありませんか？」

「第一、女性客は、三人しか乗っていませんが、いずれも、子供なんです」

「わかりました」

十津川は、肯いた。が、車掌の話を、そのまま、鵜呑みにしたわけではなかった。

北野の意見のほうに、賛成していた。

渡辺車掌を含めた容疑者たちは、監視されていて、動いていない。

動いていると思われるのは、住所と名前のわからないモンタージュの女だけである。行方も、わかっていない。

と、すれば、犯人の「サムライと呼ばれた男」は、彼女を使うだろう。

だが、専務車掌は、女性の乗客は、子供だけだという。

（男装して、乗っているのではないか？）

と、十津川は、思った。

昼間の特急列車だと、変装を見破りやすいが、これは、寝台特急である。

それに、ベッドに入ってしまうと、いちいち、乗客の顔を、見つめることは難しい。だから、変装が、生かせるはずである。

専務車掌が、行ってしまうと、十津川は、北野に向かって、

「あなたのいうとおり、犯人は二人、この列車に乗っていると考えたほうが、いいですね」

「二人ですか？」

「そうです。サムライを自称している犯人と、モンタージュの女の二人だと思います」

「しかし、女はいないと――」

と、北野は、いいかけてから、

「男に変装して乗っているということですか？」

「多分ね」

「二人いるとして、彼等は、どんな行動に出て来るでしょうか？」

「それがわかればいいんですが」

と、十津川は、考え込んだ。

5

寝台特急「さくら」は、豊橋に着いた。

駅員が、こちらの車掌に、メモを渡した。

車掌が、それを、十津川に、見せた。

〈刑事二人と、公安官二人が、名古屋から乗り込みます〉

と、書いてあった。

豊橋では、間に合わなかったらしい。

豊橋には、一分停車で、二〇時三一分に、発車した。

次の名古屋には、二一時二三分着である。

名古屋には、五分停車する。この五分間を利用して、乗客の中にはホームで、スタンドの「きしめん」を食べる人もいる。

五分間あれば、いろいろなことができるだろう。

こちらもできるが、犯人側だって、できるはずである。

窓の外の闇は、一層濃くなり、車内は、ますます、ひっそりと、静まり返ってきた。

北野の乗っている5号車で、大声で喋っていた若者二人も、静かになってしまった。まだ、眠る時刻ではないから、食堂車へ行ったのかもしれない。

「どうも、落ち着きませんね」

北野は、いらいらした声でいった。当然のことだろう。

「大丈夫です。最悪でも、犯人は、あなたの命が狙いではなく、二億円が目的ですから、北野さんを殺すことは、ないと思いますよ」

十津川は、安心させるためにいった。が、犯人が、どう出るかは、彼にも、わからないのである。

「八時三六分」

十津川は、腕時計に眼をやって、呟いた。

犯人は、何を、考えているのだろうか？

午後九時になって、国鉄本社に、電話が、入った。

電話に出たのは、副総裁の小野田だった。てっきり、北野からの連絡かと思い、受話器をつかむなり、

「どうした？　北野君」

「彼は、『さくら』に乗っているよ」

と、聞き覚えのある男の声がした。

「君は、例の――？」

「そうだよ。サムライと呼ばれた男さ」

「二億円は、君のいうとおり、北野秘書に持たせて、『こだま』に乗ったよ」

「わかってるさ」

「それなら、なぜ、また電話して来たんだ？」

「よく聞くんだ。おれは、寝台特急の『富士』に、時限爆弾を仕掛けておいた」

「何だと？」

「別に、驚くことはないだろう。別に、今すぐ、爆発するわけじゃないから、安心したまえ」

「何を企んでいる？」

「よく聞くんだ。『さくら』は、二一時二三分に、名古屋に着く。五分間停車だ。その間に、二億円を、おれの仲間に渡すんだ。それが、確認されたら、『富士』のどこに、時限爆弾を仕掛けたか、教えてやる」

「どうやって、北野秘書に、連絡するんだ？」

「それは、こちらでやる。多分、名古屋駅から、北野が、事実かどうか、問い合わせてくるから、事実だと、いってやれ。それを間違えると、『富士』の乗客全員が、死ぬことになるぞ。今日の『富士』は、かなりの乗客があるようじゃないか。そのことを、まず、考えるんだな」

「安全は、保証してくれるのか？」

「おれだって、無益な殺生はしたくない。これでも、サムライと呼ばれたことがあるんだ。そっちが大人しく二億円を渡せば、おれも、必ず、約束は守るよ」

男は、それだけいうと、電話を切ってしまった。

小野田はすぐ、東京総合指令室を呼び出した。

とにかく、「富士」に連絡しなければ、ならないと思ったからである。

九時一六分（二一時一六分）。

「さくら」は、間もなく、名古屋に着く。

（日下と清水を含む刑事四人と、公安官二人が、乗ってくれれば、警戒は、楽になるだろう）

と、十津川が思った時、若い男が、北野と、十津川のいる座席に近づいて来た。

いや、若い男に見えたが、近くで、よく見れば、若い女と、わかった。

十津川は、反射的に、立ち上がっていた。

モンタージュの女だったからである。

「落ち着いてください」

と、女は、二人に向かって、いった。

「君の仲間は、どこにいるんだ？」

十津川がきく。

「この列車には、乗っていませんわ。これが、彼からの伝言です」

女は、一枚のメモを、差し出した。

北野が受け取り、十津川は、眼を通した。

ワープロで打たれた文章である。

〈寝台特急「富士」に、時限爆弾を仕掛けた。これは、脅しではない、間もなく爆発する。

名古屋に着いたら、この手紙を持っている女に、二億円を渡せ。彼女が無事、車で、二億円を持ち去り次第、「富士」のどこに時限爆弾を仕掛けたか、国鉄本社に教えてやる。

時限爆弾のことを、信じる信じないは、自由だ。また、「富士」を、あわてて停車させ、乗客を避難させるのも自由だ。

だが、時限爆弾は、容易には見つからないし、二億円を惜しんで、東海道本線が、使用不能になっても、おれは、知らん。

「富士」に続く列車は、全て、動かなくなり、間違いなく、二億円を超す損害になるはずだ。

〈冷静に考えるんだ〉

「間もなく、名古屋だわ」

女が、窓の外に眼をやって、いった。

夜の暗さの中に、名古屋の街の灯が、近づいてくる。

「早く、決断して欲しいわ」

と、女が、いった。

「どうしますか？」

北野が、小声で、十津川にきいた。

十津川は、必死に考えた。

「富士」を停車させて、まず、乗客と乗務員を避難させる。そうすることで、取りあえず、人命は、守れるだろう。

その一方で、この女を逮捕して、主犯の名前と、現在、いる場所をきき出す。これができれば、最高だろう。

だが、女の次の言葉が、十津川の甘い考えを打ち砕いた。

「彼の言葉を、付け加えるのを忘れたわ。彼から、その手紙を見せるときに、こういえって、いわれていたのよ。手紙には、『富士』と書いたが、本当は、他の寝台特急に、仕掛けたのかもしれないってね」

「他の寝台特急だって？」

十津川が顔色を変えて、女を睨むと、

「あなたは、刑事さんでしょう？　新幹線の車掌長の制服が、似合わないわよ。刑事さんは、こちらのいうことを簡単には信じないんじゃないの？」

「――」

十津川は、唇を嚙んだ。

今、東海道本線を走っているブルートレインは、この「さくら」を筆頭に、「はやぶさ」「みずほ」「富士」「あさかぜ1号」「あさかぜ3号」「瀬戸」「出雲1号」「出雲3号」と、数多い。

全部の列車を停車させ、乗客を降ろしていたら、大混乱になるだろう。時限爆弾を見つけるのも難しい。

確かに、犯人のいうように、二億円以上の損害を受けることになりそうである。

「さくら」は、名古屋駅に、滑り込んだ。

「どうするの？」

女が、せかした。

「二億円渡したら、本当に、どのブルートレインに、時限爆弾を仕掛けたか、教えるんだろうね？」

北野が、蒼い顔で、きき返した。

「彼は、昔、サムライと呼ばれた男だわ。約束は、守るわ」

列車は、停車し、ドアが開いた。

「早くしないと、間に合わなくなるわよ」

女が、脅かすように、いった。

「どうしたらいいと思いますか？」

北野が、決断しかねて、十津川に、きく。

「国鉄本社に、連絡してみたらどうですか？」

「そうします。その間だけ、待ってくれ」

と、北野は、女に、いった。

三人は、列車を降りた。

北野が、駅舎の電話で、東京の本社に連絡している間、十津川は、じっと、女を観察した。

男の恰好をしているから、可愛らしく見えるが、三十歳近いのではないか。前に、「さくら」の通路ですれ違った時には、顔を、はっきり見ていなかったのだが、今日は、ゆっくりと、観察することが、できた。

女にしては、眉が濃く、鋭角的な顔をしている。あごの下に、ホクロがある。

身長は、一六〇センチ前後だろう。体重は五十キロぐらいか。

北野が出て来た。

「犯人は、小野田副総裁にも、電話していました」

と、北野は、小声で、十津川に、いった。

「それで、結論は？」

「二億円は、女に渡してやれということでした。『富士』は、金谷駅に臨時停車して、乗客を降ろしたようですが、他のブルートレインかもしれない、といったら、小野田さんも、絶句していました」

「早くして！」

女が、怒鳴った。

「わかった。君に、二億円渡すことにする」

と、北野が、いった。

女の口元に微笑が、浮かんだ。

「じゃあ、改札口を抜けるところまで、持って来て頂戴」

と、女がいい、十津川と、北野が、一緒に、改札口を出た。

十章　追跡

1

北口駅前には、バス停や、タクシー乗り場、地下鉄への階段などが、眼の前に広がっている。

右へ少し行ったところに、白いカローラが、停めてあった。

女は、その車に近づくと、十津川たちに、二億円の入ったボストンバッグを、後部座席に入れるように、いった。

「いいこと。この車を尾行しないでよ。もし、尾行したら、私は、彼に連絡しないわ。その結果は、わかるでしょう?」

女は、運転席に腰を下ろしてから、開けた窓から、十津川と、北野に、いった。

「わかってるよ」

と、北野が、いった。

「それを、忘れなければ、必ず、時限爆弾を仕掛けた列車と、場所を、教えるわ」

女は、キーを取り出して、スターターをかけた。

がくん、と、反動をつける感じで、白いカローラは、走り出した。

「どうします？」

北野が、じっと、走り去るカローラを見すえながら、十津川にきいた。

カローラは、百メートルほど先の交叉点で、赤信号で、とまった。

十津川は、黙って、近くに客待ちをしている無線タクシーのところへ、走り寄った。

運転手に、警察手帳を見せて、

「向こうの信号でとまっている白いカローラが見えるだろう。東京ナンバーの車だ。あれを追けてくれ。料金はいくらかかってもいい。ただ、どこへ行くかわかればいいんだ。その様子は、無線で、君の会社へ知らせてくれ」

「刑事さんは、乗らないんですか？」

「私が乗って、追けたら、すぐ、勘づかれてしまう。空車で、流している感じで、追けてもらいたいんだ。すぐ、やってくれ」

十津川は、タクシーのドアを、軽く叩いた。

中年の運転手には、何が何だか、わからなかっただろうが、警察手帳と、十津川の真剣な表情を信用したのか、前方のカローラが、動き出すと同時に、149号車という表示のある車をスタートさせてくれた。

十津川は、北野のところに戻って、

「あなたは、もう一度、国鉄本社に、連絡してみてください」

「十津川さんは？」

「尾行を頼んだタクシーの本社へ行って来ます。あの運転手が、連絡してくるでしょうからね」

「白いカローラは、東京ナンバーでした。そのナンバーを、洗ってみるというのは？」

「無駄だと思いますね。あれは、多分、東京で盗んで、名古屋駅前に、停めておいたものです。北野さんは、犯人から、連絡があったら、すぐ、私に知らせてください。さっきのタクシーには、ＡＩＣＨＩ交通と書いてありましたから、そこの本社に行っています」

十津川は、いい、ＡＩＣＨＩ交通の本社の場所を調べるために、同じ会社のタクシーを探した。

「東京警視庁の十津川警部じゃありませんか？」

と、声をかけられた。

愛知県警の刑事だった。「さくら」に、名古屋から乗り込むことになっていたが、様子が、おかしいので、一人だけが乗り、一人は、待機したのだという。

米田というその刑事に、十津川は、事情を説明した。

「今、ＡＩＣＨＩ交通の場所を探しているんだがね」

「それなら、私が、ご案内します」

と、米田は、いってくれた。

米田刑事が、パトカーで案内してくれたのは、ナゴヤ球場近くにあるＡＩＣＨＩ交通の本社である。

高い無線塔が、ビルの屋上に立っていた。

十津川はすぐ、無線電話の指令室へ案内してもらった。

五人の職員が、お客からの電話を受けては、近くを走行中のタクシーに、指令を与えている。

その中の一人に、１４９号車を、呼び出してもらった。

相手の運転手が出ると、十津川は、マイクを借りて、

「さっき、白いカローラの追跡を頼んだ十津川です」

「ああ、刑事さんね」

「今、どこを走っていますか？　見失わずに、尾行してくれていますか？」

「ちゃんと、おれの前を走ってるよ。ただ、向こうさんは、やけに、用心深いね。急に、停車したり、急にスピードをあげたりするんで、追けるのは、大変だな。今は、東名高速のインターチェンジに向かっている。どうするね？　東名に入っても、追けるのかね？」

「追けてください」

「無線は届かなくなるよ」

「何かあったら、電話してくれませんか。私は、ずっと、ここにいますから」

と、十津川は、頼んだ。

2

十津川は、全国道路地図を借りて、広げた。

尾行を頼んだタクシー運転手からの連絡によれば、白いカローラは、東名高速に入ろうとしているらしい。

入るとしたら、名古屋インターチェンジからだろう。

そして、東京に戻る気なのだろうか？

（いつ、時限爆弾について、国鉄本社に、連絡してくる気なのか？）

それが、問題だった。

安全が確認されるまで、カローラの女を、逮捕することは、できない。

北野からは、連絡がなかった。

十津川は、しだいに、不安になってきた。

白いカローラの女が、尾行に気が付いたのではあるまいか。だから、主犯の男に、連絡しないのではないだろうか。もし、そうだとすると、「富士」か、或いは、他の夜行列車が、爆破されてしまうかもしれない。

（なぜ、連絡がないんだ？）

十津川は、何度も、腕時計に眼をやった。

十二、三分してタクシー運転手から、連絡が入った。

東名高速に入ったサービスエリアからの電話だった。

「どうも、まずいね」

と、運転手は、困惑した調子で、いった。

「どうしたんです？」

十津川が、きいた。

「カローラから降りた女が、じっと、こっちを見てるんだ。客を乗せたらまずいんで、回送の札を出して走ってたんだが、それを、変に思ったんじゃないかね。どうしたらいいね。まだ、追(つ)けるかね？」

「そうですね」

十津川は、考え込んだ。

決断しなければならないと、思った。確かに、回送にして、高速を走り続けたら、相手は、怪しむだろう。

その結果を恐れた。

ブルートレインで、時限爆弾が、爆発すれば、その被害は、計りしれない。十津川が、功を焦(あせ)って、無理をすることは、許されなかった。

「すぐ、引き返してください」

と、十津川は、いった。

「いいのかね？」

「仕方がありません。相手が、警戒しては、この尾行は、意味がなくなりますからね」

十津川は、電話を切った。

タクシーに、尾行を頼んだのは、この場合は、仕方がないと思ったのだが、どうやら、失敗だったらしい。

(あとは、犯人が、警戒心を解いてくれるのを、祈るより仕方がないが——)

五分、六分と、時間が、過ぎた。

女は、タクシーが、走り去るのを見ただろう。それで、安心してくれれば、いいのだが。

八分して、北野から、電話が入った。

「今、犯人から国鉄本社に、電話が入ったそうです」

急き込んだような、北野の声だった。

「それで?」

と、十津川が、きく。

「最初は、小細工するなと、怒鳴ったそうです。何の意味か、わかりますか?」

「わかりますよ。私が、タクシーの運転手に頼んで、女を尾行させたことだと思います。しかし、それは、中止させました」

「よかった。犯人にも、それが、わかったんだと思います」

「それで、爆発物を仕掛けた場所は、教えたんですか?」

「ブルートレイン『富士』については、教えました」

「というと、他にも、仕掛けたと、いってるんですか？」

「そうです。用心のために、二つの列車に、時刻をずらして、仕掛けたと、いっています。すぐ、爆発する『富士』について、まず教え、そのあと、本当に、追っけられていないのがわかれば、もう一つを、教えると、いっているそうです」

「くそ！」

「ですから、それまで、動きが、とれません。とりあえず、『富士』については、連絡して、犯人のいった場所に、爆発物があるかどうか、調べさせているところです」

「犯人は、二段構えで、きているわけですね」

「そうなんです。用心深い奴です」

「それだけ、犯人も、必死だということだと思いますね。共犯の女が、素顔をさらして、われわれから、二億円を持ち去ったのも、犯人たちの必死さを、示していると、思いますね」

「と、いうことは、犯人が、逃亡ルートまで、すでに、決めているということになりますか？」

「もちろん、それは、考えていると思いますよ。問題は、主犯の男について、サムライと呼ばれた男と自称している以外、ほとんど、何もわかっていないということです。海外への高飛びに備えて、空港へも張り込みをしたいんですが、犯人のモンタージュも、ありません」

「どうしますか？」

「それは、われわれに、任せてください。今は、『富士』の危険を取り除くことでしょう」

と、十津川は、いった。

3

寝台特急「富士」は、金谷駅に、臨時停車していた。

犯人が、電話で教えて来た場所は、先頭の荷物車の中だった。

東京で受け付けて、宮崎まで運ばれる荷物の一つである。

国鉄本社から、時限爆弾が、仕掛けられた恐れがあるといわれて、金谷駅では、乗客全員を降ろし、車掌たちや、駅員が、必死になって、車内を、調べていたのである。

金谷警察署の警官や、消防署員も、駈けつけて、協力した。

彼等は、客車の寝台の下や、トイレや、食堂車などを、しらみつぶしに、調べていったが、見つからなかった。

見つからないのが、当然だった。客車ではなく、荷物車だったからである。

問題の荷物には、「羊かん」と、書かれていた。

中身は、もちろん、羊かんではなく、ダイナマイト三本に、目覚時計を組み合わせた時限爆弾だった。

現場に、爆発物処理班がいなかったので、金谷警察署の警官は、大井川の河原まで運んで、爆発させた。

ブルートレイン「富士」は、すぐ、金谷駅を発車した。

「富士」が、金谷に、停車している間、後続のブルートレインも、停車していた。その間、車掌たちは、一応、車内を点検したのだが、どの列車でも、爆発物らしきものは、見つかっていなかった。

だが、犯人は、「富士」以外の列車にも、時限爆弾を仕掛けてあり、自分が、安全に逃げられたら、教える、といっていた。

それが、事実かどうか、わからない。単なる脅しの可能性もある。

だが、「富士」に続くブルートレインには、全て、乗客が、乗っているのである。

犯人の言葉は、嘘かもしれないが、もし、事実だったら、乗客を、危険にさらすことになってしまう。

そこで、国鉄としては、「富士」を動かしたあとも、後続するブルートレインは、動かさず、更に、念入りに、車内を、調べさせた。

荷物車が連結されているブルートレインについては、積み込まれている荷物を、一つ、一つ、手にとって、調べた。

どうしても、中身が不明なものは、停車している駅に、その荷物を、一時、降ろしてから、はじめて、出発を、許可した。

「さくら」と「富士」の間に、東京駅を出発している「はやぶさ」と「みずほ」も同じだった。

十津川は、その頃、ＡＩＣＨＩ交通から、愛知県警本部に、移っていた。

そこから、東京にいる亀井刑事に、連絡を取った。

「今のところ、犯人側に、押されっ放しだな」

と、十津川は、亀井に、いった。

「そうですね。金谷駅で見つけたダイナマイト入りの荷物ですが、今日の午後一時に、東京駅で受け付けたもので、持参したのは、若い男だったということです。今になってみると、例の女が、男装して、持って来たんだと思うんですが」

「しかし、なぜ、その荷物が、『富士』にのると、わかったんだろう？」

「その客は、一刻も早く、宮崎まで、送って欲しいと、受付の職員に、頼んだそうです。国鉄もサービス時代ですから、今日のブルートレインにのせると、約束したと、いっています。宮崎行のブルートレインというと、『富士』だけですから、宮崎市内宛の荷物なら、『富士』にしか、のせられないわけです」

「なるほどね」

「二億円を奪った女は、東京に向かっていると思われますか？」

「最後に見たのは、東名高速のサービスエリアだからね。多分、東京へ向かったと思っている。もちろん、途中で、車を乗りかえるだろうし、東名から出てしまうと、思うがね」

「参りました。他にも、時限爆弾を仕掛けたというので、それがわからないと、表立って動けません」

と、亀井は、いった。

4

緊張が、続いている中で、連絡が、次々に、捜査本部と、国鉄本社に入って来た。

豊橋近くのドライブ・インの駐車場で、白いカローラが、乗り捨てられているのが、発見された。

その車のナンバーは、十津川が、尾行を頼んだタクシーの運転手が、報告したのと同じナンバーだった。

十津川自身も、そのナンバーは、名古屋駅で、見ている。

十津川は、愛知県警のパトカーで、そのドライブ・インに、急行した。

二億円の入ったボストンバッグは、もちろん、なくなっていた。

県警の鑑識が、車内の指紋の検出に努めている間、十津川は、県警の刑事と一緒に、レストランや、喫茶店の従業員に、会った。

喫茶店のウエイトレスが、女のことを覚えていた。

「ここで、着がえをしたんで、よく覚えているんです」

と、二十一、二歳のウエイトレスは、大きな眼を、くるくる動かしながら、十津川に、いった。

「着がえ？」

「ええ。男みたいな恰好をしてたでしょう。化粧室に入ったと思ったら、セーターにスカートという恰好で、出て来たんで、びっくりしちゃったんです」

「なるほどね。ここでは、何か飲んだのかな？」

「トーストと、コーヒーを、注文なさいましたわ」

「他には？」

「電話をかけていらっしゃいましたわ」

「内容は、わからないだろうね？」

「それは、わかりませんわ」

「電話のあと、すぐ、彼女は、出て行ったのかね？」

県警の刑事が、カローラの置いてある駐車場に、眼をやりながら、ウエイトレスに、きいた。

「いいえ。電話してから、七、八分、座っていらっしゃいましたよ。それから、出て行かれたんです」

「誰かが、迎えに来たのかね？」

「いいえ」

と、ウエイトレスは、首を横に振った。

しかし、誰も、迎えに来なかったと、断定は、できないと、十津川は、思った。

窓の外を見ていれば、車が、このドライブ・インに入って来るのは、見えるからである。

前もって、ここに、乗りかえ用の車を用意してあったのかもしれないし、主犯の男が、電話を受けて、車で、迎えに来たのかもしれない。

問題は、ここから、何処へ行ったかである。

常識的に考えれば、東京へ向かったとみるべきだろう。

だが、東名高速を、走り続けているとは、考えられなかった。見つけられやすいし、いざという時、各インターチェンジを押さえてしまえば、袋の鼠になってしまうからである。

とすると、女は、新しい車に乗りかえて、近くのインターチェンジから、一般道路に出たとみるのが、いいだろう。

そして、多分、東京に向かったのだ。

十津川は、国鉄本社に、電話を入れた。

副総裁の小野田に、聞いてみたが、犯人からは、まだ、何の連絡もないということだった。

（犯人は、わざと、連絡を引き延ばしているのだろうか？）

電話を切ってから、十津川は、眉を寄せて、考え込んだ。

こうしている間も、寝台特急（ブルートレイン）は、走り続けている。

夜が明けても、「さくら」「富士」「あさかぜ」といった列車は、乗客を乗せて、走り続けるのだ。

一番おそくまで走り続ける宮崎行の「富士」は、明日の午後になって、やっと、終着の宮崎に着く。

現在、まだ、午前零（れい）時になっていない。

「富士」が、宮崎に着くのは、午後三時半過ぎだから、あと、十五時間以上あるのだ。

もし、犯人が、「富士」の車内に、時限爆弾を仕掛けたとすれば、あと、十五時間以上、国鉄を、脅かすことが、可能だということである。

十五時間あれば、たいていのことが、できるだろう。

車で、東京まで、楽に行けるし、夜が明ければ、国際線の飛行機が、出発する。

ゆっくり、海外へ脱出できるのだ。

（犯人は、それを、狙っているのだろうか？）

5

小野田は、電話を切った。

十津川は、電話の中で、「サムライと呼ばれた男」の意味を、考えておいてくれ、といった。

十津川は、どうやら、犯人が、何らかの意味で、国鉄に関係していた人間だと、見ているようだった。

亀井刑事が、駈けつけて来た。

彼が、来た理由は、はっきりしていた。

警察と、国鉄側との意見の調整のためだった。

警察は、今、すぐにでも、全力をあげて、犯人を追い廻したいのだ。警察としたら、当然だろう。

だが、国鉄側としては、乗客の安全ということがある。

犯人側は、もう一つ、ブルートレインに、時限爆弾を仕掛けたと、いっている。東京発のブルートレインを、停めて、車内を調べたが、見つからなかった。

しかし、だからといって、犯人が、嘘をついていると、決めて、すぐ、捜査に踏み切るのは、危険だった。

もし、犯人のいうとおりだったと、犠牲者が出てから気付いても、遅いからである。

「その点は、わかっています」

と、亀井も、いってくれた。

「われわれとしては、一人でも、乗客の犠牲者を出したくないのです」

小野田は、壁時計に眼をやりながら、いった。犯人は、なぜ、まだ、連絡して来ないのだろうか？　二億円を、手に入れたはずなのにである。

「犯人は、何時まで、待たせる気なんですかね」

と、亀井は、怒った顔で、いってから、

「できるだけ引き延ばして、その間に、海外へ逃げる気かもしれない」

「亀井さんも、そう思いますか？」

「大いに、可能性がありますよ。だから、夜が明けて、成田から、海外へ飛行機が飛ぶようになったら、刑事を、張り込ませる。それは、了承してください」

「わかりました。しかし、犯人の顔は、わからないんでしょう？」

「女のほうは、わかっています」

と、亀井は、いった。

まだ、犯人からの連絡はない。

「十津川さんは、犯人が、署名した『サムライ』の意味を考えてくれと、いわれたんですがね」

小野田が、いった。

「その件で、何か、わかりましたか？」

「国鉄の人間で、サムライと呼ばれた男は、何人かいますよ。トンネル掘りに生涯をかけた技術者とか、新幹線計画を推進した男たちが、尊敬をこめて、サムライと、呼ばれたことがあります」

「なるほど」

「しかし、みんな立派な人たちだし、何よりも、国鉄を愛していましたよ。そういう人たちが、乗客の命を奪ったり、国鉄を脅迫したりするとは、とうてい、考えられませんがね」

「その気持ちは、わかりますよ。われわれだって、警察の先輩が、犯罪に関係したと聞いても、信じたくない気持ちが、働きますからね」

「犯人ですが」

「ええ」

「何人か、容疑者が、あがっていましたね。『さくら』のBカルテットの乗客と、国鉄の専務車掌です。結局、彼等は、犯人じゃなかったわけですか？」

「そうなりますね。彼等の一人一人に、見張りをつけておきましたが、今度の二億円強奪では、一人も、動いていませんからね」

「しかし、亀井さん、あの『さくら』で、北野君を眠らせ、二億円入りのバッグを、換気孔の中に詰め込めるのは、カルテットの乗客か、専務車掌しかいないことは、わかっているんじゃありませんか？　そういうことだったはずですが」

小野田は、首をかしげて、亀井を見た。

「そうなんですがねえ」

と、亀井は、苦笑して、

「しかし、事実を見ると、残念ながら、犯人は、他にいたことになります。だから、われわれの推理は、どこか、間違っていたことになります。その点は、十津川警部も、改めて、考えているはずです」

まだ、犯人から、連絡が、来ない。

会話が、途絶えると、小野田と、亀井の眼は、自然に、時計に、向かってしまう。

やっと、午前零時を、過ぎた。

亀井は、名古屋から東京までの地図を、思い浮かべていた。

二億円を手に入れた女は、今、必死になって、車を、飛ばしているのではないか。

行き先は、東京だ。

そこで、主犯の男に会い、一緒に、成田から、海外へ逃亡する気なのか。

夜明けまでには、車で、東京に着けるはずだ。

男が、二人のパスポートと、切符を持って、東京で、待っているのかもしれない。

そして、無事に、外国へ着いてから、ブルートレインのどの列車のどこに、時限爆弾を仕掛けたのか、電話してくるつもりでいるのか。

アメリカや、ヨーロッパだったら、時間的に、間に合わないが、香港(ホンコン)や、バンコクあたりなら、向こうに着いてから、電話して来ても、間に合うだろう。

と、すると、成田で、犯人を見つけても、手を出せないのか？

(主犯格の男と、二億円を奪った女の名前がわかれば——)

と、亀井は、思う。

偽造のパスポートを使わない限り、出国の時は、本名が、出てくる。二人の名前がわかれば、何とか、手を打つことができるだろう。

「夜明けまでは、犯人は、連絡して来ないと思いますよ」

亀井は、小野田に、いった。

「なぜですか？」

「今、女が、車で、東へ向かっています。多分、東京で、主犯の男と、落ち合う気でしょう。東名は、使わずに走っているようですから、東京に着くのは、夜明け頃です。それまで、自分たちに不利になるような行動は、とらないでしょうからね」

「じゃあ、どうしたらいいんですか？　夜明けまで」

「十津川警部のいうように、『サムライ』の意味を、見つけ出そうじゃありませんか。犯人が、どんな人間かわかれば、打つ手も考えつきますよ」

「どうしたら、いいんですか？」

「国鉄の歴史を、勉強したいですね。その間に、サムライと呼ばれた人たちが、何人もいたわけでしょう。その中で、現在、恵まれないでいる人のことが、知りたいですね」

「どうも、気が進みませんが――」

小野田は、ためらいがちに、いった。

「わかりますが、やってください。時間がないんです」

「わかりました」

来た。

小野田は、肯き、資料室から、国鉄百年の歩みに関した本や、資料を、抱えて、持って来た。

小野田と、亀井は、厖大な資料や、本と格闘することになった。

東京駅で、当直に当たっている助役にも、来てもらった。

内勤助役二人で、いずれも、五十歳。国鉄一筋に生きてきた人だから、国鉄に関する知識は、小野田より、深いものを持っていた。

亀井には、そのことが、有難かった。たいていのことを、その二人が、知っていたからである。

何人かの名前が、あがっていった。

新幹線の開通とか、青函トンネル貫通とか、国鉄には、その時々に、プロジェクトチームが、作られて、作業に、当たっている。

いわば、国鉄のエリートたちの集団である。

その中に、最初は、加わっていながら、途中で、脱落した人間を、亀井は、考えていた。

しかも、国鉄を、辞めてしまった男である。

三時間もすると、数人の名前が、浮かんで来た。

夜明け近くまでに、書き出された数は、七人になった。

国鉄を辞めているので、現在、どこで、何をしているのか、わからない。

もし、民間で、成功していれば、今度のような事件は、起こさないだろう。

だから、プロジェクトチームから脱落し、しかも、現在、不遇でいる人間ということになる。

亀井は、まず、年齢で、しぼってみることにした。

今度の事件の犯人は、中年の男である。亀井たちに、姿を見せたことは、まだないが、電話の声から考えて、老人ではない。

多分、四十代の男だろう。

書き出した七人の中には、現在六十代が二人、七十代が二人いた。

この四人を、まず、除外することにした。

残るのは、三人である。

この中に、犯人がいるのだろうか？

亀井は、残った三人の名前を、じっと、見すえた。

柏原（かしわばら）　剛（つよし）　四十六歳

池田(いけだ)　博二(ひろじ)　四十三歳
堀井(ほりい)　優(まさる)　三十九歳

いずれも、国鉄のプロジェクトチームに加わりながら、脱落していった男たちである。
住所も、わからない。
どうやって、調べたらいいのだろうか？

十一章　サムライ

1

まず、興信所が出版している全日本紳士録を、調べることから始めた。

もし、これに、名前がのっていれば、ある程度の地位にいるということになる。

三人の中、柏原剛だけが、のっていた。

大阪で、経営コンサルタントの事務所を開いていて、妻と、子供が二人いると、出ている。

亀井は、その事務所の電話番号を、手帳に、書き写した。

次は、あとの二人である。

紳士録にのっていないからといって、現在、不遇であるとは、限るまい。ただ、現在、どこで、何をしているか知りたいのだ。

東京にいるとすれば、東京の電話帳に、のっているだろう。

そう思い、亀井は、今度は、分厚い電話帳を、繰ってみた。

国鉄職員も、それを、手伝った。

堀井優のほうが、出ていた。

東京の田園調布である。亀井は、まだ、午前五時を回ったばかりだったが、電話をかけてみた。

女の声が、電話口に出た。

多少、眠たげな声で、

「堀井で、ございますが」

「ご主人いらっしゃいますか？」

「どなた様ですか？」

「警視庁捜査一課の亀井といいます」

と、正直に、いった。

もし、この堀井という男が、今度の事件の犯人なら、それらしい反応を示すと思ったからだが、代わって、電話口に出て来た男は、

「警察が、何の用ですか？」

と、落ち着いた声で、きいた。

（これは、違うな）

と、亀井は、思いながら、

「寝台特急『さくら』で起きた事件のことは、ご存じですか？」

「知っていますが、私は、とっくに、国鉄を辞めた人間ですよ。関係ありませんね」

堀井は、そっけないいい方をした。

「池田博二さんを、ご存じですか？」

「池田？」

「そうです。確か、国鉄の高速化についての研究グループに入っていて、あなたとは、同じプロジェクトチームにいた人じゃありませんか？」

「ああ、あの池田さんなら、覚えていますよ。しかし、池田さんは、国鉄生え抜きではなく、民間から来た人ですよ。M重工の技術者だったんです」

「なぜ、池田さんは、あのプロジェクトチームを、辞めていったんですか？」

「結論をいうと、個性が強過ぎたということじゃないですか。全員が、どちらかというと、個性の強い連中の集まりだったんですが、その中でも、池田さんは、際立っていましたからね」

「人数は、七人のプロジェクトチームだったそうですが——？」

「そうです。全部で、七人でした」

「七人のサムライと、呼ばれていたことがあったんじゃありませんか？」

「そうですね、何かの新聞に、七人の侍たちと、書かれたことがありましたよ。あれは、いい意味もあったし、多少の皮肉も、籠められていましたね」

「皮肉というと？」

「国鉄らしくない野放図さということでしょうね」

「皆さんは、自分たちが、サムライといわれることに、誇りを持っていましたか？」

「そうですねえ、悪い気はしなかったですよ」

「失礼ですが、今、堀井さんは、何をやっていらっしゃるんですか？」

「小さな自動車工場をやっています。市販されている車を、オーナーの要求に応じて、改造するのが、主な仕事です。その中に、独自のスポーツカーも、作りたいと思っていますがね」

「池田さんは、あまりにも個性的すぎたといわれましたが、具体的に、どういうことで、辞めていったんですか？」

と、亀井は、突っ込んでいった。

「そうですねえ。これは、公けにされていないんですが、意見の相違から、派手なケンカになりましてね。池田さんは、チームのリーダーだった沢田さんを殴ってしまったんですよ。そして、自分から、辞表を出して、辞めていったというわけです」

「その後、池田さんの消息を聞いたことがありますか？」

「いや。聞いていませんねえ。M重工にも、戻っていないということは、知っていますが」

「どんな性格の人でした？」

「警察が、彼を探しているんですか？」

堀井が、きき返してきた。

「会って、聞きたいことがありましてね」

と、だけ、亀井は、いった。

「池田さんは、優秀な技術者でしたよ」

「だが、癖があったんじゃありませんか？」

「そうですねえ。宮仕えというのは、妥協が必要でしょう。だが、池田さんは、それができなかった。私もですがね」

「それが、個性が強いという意味ですね？」

「ええ」

「池田さんについて、どんなことでもいいんですが、思い出になっていることがあったら、話してくれませんか」

と、亀井は、いった。

「酒が強かったんですよ」

「他には？」

「気も強かったですね。自分でも、そのせいで、M重工でも、上司と衝突していたと、笑っていましたね」

「奥さんは、いなかったんですか？」

「私が知っている限りは、いなかったんじゃないかな。離婚したと、いっていましたね」

2

亀井は、念のために、大阪の柏原剛に、電話をかけてみた。

柏原は、大阪にいた。

電話の様子も、おだやかで落ち着いたものだったし、奥さんの声も、聞くことができた。

と、すると、三人の中で、一番、犯人らしく思われるのは、四十三歳の池田博二ということになる。

幸い、国鉄本社には、池田の写真が、残っていた。

七人で、プロジェクトチームを作っていた時の写真で、池田だけが、民間のM重工から来た技術者だった。

M重工は、国鉄の車両を造っているから、その関係で、池田が、参加したのだろう。

その時のチームリーダーだった沢田という五十四歳の技術者と、亀井は、電話で、話すことができた。

「池田君については、あまり、いい思い出はありませんね」

と、沢田は、いった。

「それは、池田さんと、ケンカをされたからですか？」

「それもありますがね」

「他にも、あったということですか？」

「彼は、確かに、優秀な技術者でした。ただ、チームの一員としては、肝心なものを、持っていなかったんです」

「協調性ですか？」

「そのとおりです。どうも、M重工でも、その点で、問題視されていたようですね。M重工に、戻らなかったのは、そのせいだと思いますね」

「具体的に、どんな風に、協調性がないんですか？」

「われわれが、やっていたのは、在来線の高速化でしてね。当然、新幹線の研究のような華やかさはありません。新しい車両を設計するよりも、今までの車両の改良というほうが、主になります。スタンドプレイは、必要ないんです」

「ところが、彼は、スタンドプレイを、したがった？」

「そうです。仕方なく、私が注意すると、彼は、いきりたちましてね。殴られたこともありますよ」

「それは、聞きました」

「そうですか。その直後に、池田君は、無断で、辞めてしまったんです」

「あなたを、殴った時ですが、どんな様子でした？」

「蒼い顔をしていましたね。なぜ、自分が、注意されるのかわからない顔をしていましたね。頭はきれるが、激しやすい性格だと思いましたよ」

「池田さんが、辞めていったのは、いつ頃ですか？」

「一年半前です」

「池田さんが、付き合っていた女性を知りませんか？」

「私は、他人のプライバシーには、ほとんど関心がありませんでしたからね」

「池田さんの家族についても、ご存じありませんか？　離婚していたのは、聞いているんですが、両親とか、兄弟のことです。何か、知りませんか？」

「今もいったように、私も、関心がなかったし、彼も、喋りませんでしたからね」

「池田さんは、意志の強い人でしたか？　悪くいうと、執念深い人でしたか？」

「そうですねえ」

　と、沢田は、いい、そのあと、ちょっと考えていたが、

「池田君が、会議の最中に、突然、怒り出したことがありました。私も、他の者も、一瞬、何を、池田君が怒っているのかわからなかったんですが、実は、前の会議の時のことを、また、怒り出したんだと知って、呆然としたことがありましたよ」

「国鉄に対して、恨みを持っていると思いますか？」

「かもしれませんが、それは、もう終わったでしょう」

「どういう意味ですか？」

亀井が、眉を寄せてきくと、沢田は、

「一カ月前に、池田君が、死んだと知りましたのでね」

3

「死んだ?」

受話器を持ったまま、亀井は、思わず、大きな声を出していた。

「と、知りました」

「それ、間違いありませんか?」

「新聞で見たんですよ。小さくしか出ていませんでしたが、あの池田君が、自殺したと、出ていましたよ。ああ、あの男も、死んでしまったかと、憮然(ぶぜん)とした気分になったのを覚えていますね」

「一カ月前の新聞ですね」

「そうです」

「正確な日付は、わかりませんか? 何月何日の朝刊とか、夕刊とか」

「それは、覚えていませんね。先月の新聞だったのは、間違いありませんよ」

と、沢田は、いった。

亀井は、電話を切ると、今度は、先月の新聞の縮刷版を、取り寄せた。

国鉄職員にも、手伝ってもらって、一ページずつ、丁寧に、見ていった。

亀井は、池田の自殺した記事が、のっていないことを、希望した。

犯人と思った池田が、実は、一カ月前に死んでいたのでは、また、壁にぶつかってしまうからである。

「ありましたよ」

と、職員の一人が、甲高い声をあげた。

亀井は、自然に、苦い表情を作りながら、そのページに、眼をやった。

なるほど、出ていた。

〈横浜市緑区——町のアパート「旭荘」で午後一時頃、管理人の井上良介さん（五〇）が、二階の二〇六号室のドアが開いているので、のぞいたところ、池田博二さん（四三）が、死んでいるのを発見して、警察に届けた。警察が調べたところ、青酸を飲んでおり、遺書もあったことから、自殺と見られている。

池田さんは、以前、M重工で働いていたことがあり、国鉄のプロジェクトチームに、参

加していたこともあったが、現在は、仕事もなく、暮らしに困っていたらしい〉

「やっぱり、亡くなっていましたね」

と、職員は、嬉しそうにいったが、亀井は、押し黙ったまま、記事を、睨んでいた。

せっかく、事件解決に向かって、光が見えて来たと思ったのに、また、壁が、立ちはだかってしまった感じである。

名古屋の十津川から、電話が入ったとき、亀井は、池田のことを、話した。

「犯人を見つけたぞと、思ったんですが、がっかりしました」

「その線を、もう少し、追ってみてくれないか、カメさん」

と、十津川が、いう。

「しかし、肝心の池田は、生活苦から、自殺してしまっています。それも、今度の事件が起きる前にですよ」

「それは、わかっているが、自殺の記事が、本当に、信用できるかどうか、わからんだろう。とにかく、神奈川県警に、当たってみてくれ」

「わかりました」

「犯人から、まだ、連絡はないのかね？」

「ありません」

「女は、車で、すでに、東京に着いているはずだ。それなのに、なぜ、犯人は、連絡して来ないのかな」

「忘れてしまっているということは、ありませんか？」

「まさか。もし、時限爆弾を、どれかのブルートレインに仕掛けてあれば、何人もの人間が死ぬんだよ。犯人が、忘れることは、考えられないね」

「それとも、犯人が、嘘をついたのかもしれません」

「爆弾など、仕掛けてないのに、嘘をついて、脅迫したということかい？」

「そうです。まだ、時限爆弾が、どの列車かに仕掛けてあるといわれれば、国鉄も、警察も、動きがとれませんからね。犯人は、それを狙っているんじゃないかと思うんですが」

「可能性はあるがね。しかし、嘘だと決めて行動するのは、危険だよ」

「わかりました」

肯いて、電話を切ると、亀井は、今度は、神奈川県警に、連絡を取った。

池田博二のことを、聞くためだった。

4

神奈川県警の捜査一課が、協力してくれることになった。

平川(ひらかわ)という刑事が、同僚と、すぐ、池田博二の自殺の事情を調べ、亀井に、報告してくれた。

「間違いなく、池田博二は、自殺しています。死因は、新聞にあったとおり、青酸死ですね」

と、平川刑事は、電話で、亀井に、いった。

「遺書があったということですが、どんな内容のものだったんですか?」

「文章を控えてきましたから、読みましょう」

平川は、その遺書を、電話口で、読んでくれた。その遺書は、次のようなものだった。

〈私の不幸は、M重工を辞め、国鉄のプロジェクトチームに参加した時に始まったといっていい。

その時には、私には、わからなかった。むしろ、得意の絶頂にいた。民間の活力を注入するということで、私を、七人のメンバーに入れたので、私は、尊重され、週刊誌などに、取りあげられた。

私の加わった七人の研究は、在来線の高速化に関することだった。週刊誌は、私たちのことを、七人のサムライと書き、特に、私のことを、民間出なので、野武士の奔放さが期待されると、書いた。

だが、結果的に、私は、そのプロジェクトチームから、弾き出された。民間の活力をといって、私を引き抜いておきながら、やはり国鉄一家の意識が強く、私は、追い出されてしまったのだ。

それ以来、私の人生は、何もかも、うまくいかなくなった。挫折の連続になった。

私は、もう、生きる気力を失った。

ここ、二、三日、どうやって、死のうかと、そればかり考えて来た。

不幸と、挫折の始まりになった国鉄の列車に、飛び込んで死んでやろうかとも考えた。

しかし、そんなことをしても、せいぜい、列車を、一時間ぐらい遅らせることしかできない。自分の敗北を、再確認するようなものだろう。

だから、青酸を使って、平凡に死のうと思う〉

「宛先はありません。ちょっと奇妙な遺書ですが、遺書に変わりはないので、自殺の一つの証拠にしたわけです」

と、平川刑事が、いった。

「彼には、家族や、友人は、なかったんですか？」

「父親は、すでに死亡し、母親が、妹夫婦と宮崎に住んでいます。それと、弟が一人いますね」

「遺体を引き取りに来たのは、誰ですか？」

「その弟と、妹です」

「遺書も、彼等に、渡されたわけですね？」

「それが、どうも、妙な具合でしてね」

「と、いいますと？」

「弟は、池田三郎といい、四歳年下の三十九歳。妹の町子は、三十二歳です。警官は、遺書の文面を書き写したあと、弟の三郎に、それを渡したそうなんです。兄の遺書ですから、当然、受け取ると思ったのに、三郎は、全く興味を示さずに、それを、右から左に、妹の町子に、手渡したと、いっています」

「弟の三郎というのは、何をしている男なんですか？」

「自分で、旅行社をやっています」

「場所は、どこですか？」

「四谷三丁目で、『フジ観光』という会社だそうです」

「彼は、死んだ兄の博二とは、仲が悪かったんですか？」

「いや、妹の話では、とても、仲がよかったそうです」

「それなのに、兄の遺書を、見もしなかったのは、不思議ですね」

「そうなんです。立ち会った警官も、不思議だと、いっています」

「三郎は、結婚しているんですか？」

「その辺は、わかりません」

5

亀井が、電話を切ってすぐ、名古屋にいる十津川から、かかって来た。

「これからすぐ、帰るつもりだが、そちらの具合は、どうだね？」

と、十津川が、きいた。

「犯人からは、まだ、何の連絡もありませんが、サムライについては、調べが、進んでいます」

亀井は、池田博二のことを、話した。

「遺書のことが、どうも、わからないんですが」

と、亀井がいうと、十津川は、

「そりゃあ、遺書が、もう一通あったんだよ」

「もう一通ですか？」

「そうだよ。池田博二は、もう一通、遺書を書き、死ぬ前に、それを、弟の三郎に、郵便で送ったんだと思うね。だから、三郎は、警官の渡した遺書のほうに、関心を示さなかったんだよ」

「なるほど」

「君のいうとおりだと、誰が見るかわからない遺書でさえ、かなり過激な言葉が書いてあったようだから、弟の三郎に送った遺書には、国鉄に対する恨みつらみが、書きつらねてあったんじゃないかな」

「池田三郎に、会って来ます」

亀井は、すぐ、二億円を奪った女を追って、急ぎ帰京した日下刑事を連れて、パトカーで、四谷三丁目に、急行した。

「警部は、いつ、戻るんですか？」

日下が、車の中で、きいた。

「なるべく早い新幹線で、戻ることにすると、いっていたから、あと二時間したら、戻るはずだよ」

と、亀井が、いった。

四谷三丁目に着いた。

まだ、七時半すぎである。商店街は眠っている。「フジ観光」も、見つかったが、店は、閉まっていた。一階が、店で、二階が、住居になっている。

日下が、ベルを押しても、応答がない。

「緊急の時だ、入ってみよう」

と、亀井が、いった。

亀井は、スパナで、ガラスを叩き割り、カギを開けて、店に入った。

世界各地への旅行のパンフレットなどが、置いてある。

だが、机の上には、埃（ほこり）が、たまっていた。

新聞も、読まれないままに、放り込まれている。

二人は、二階へあがって行った。

六畳二間に、バス・トイレつきの住居だが、人の気配はなかった。

何日も、人がいなかった感じがする。部屋の中の空気が、それだけよどんでいるのだ。

「池田三郎が、犯人くさくなってきましたね」

部屋の中を、見廻しながら、日下が、いう。

「彼の写真が欲しいね」

と、亀井が、いった。

二人は、机の引出しや、洋ダンスの引出しなどを、片っ端から、抜き出して、調べてみた。

だが、写真は、見つからなかった。

写真だけではなかった。手紙も、一通も、見つからないのだ。

「始末したんだ」

と、亀井は、舌打ちした。

三十九歳の男で、しかも、商売をやっていて、写真や、手紙が、全くないということは考えられない。

とすれば、始末したとしか思えなかった。

何かを、決行するためにである。

「どうしますか？」

日下が、亀井を見た。

「すぐ、捜査本部に、連絡してくれ。どうやら、池田三郎が、犯人と思われるとね。それから各航空会社に電話して、今日の乗客の中に、池田三郎という名前がないかどうか、調べてもらうんだ」

「わかりました」

日下が、電話に飛びついて、連絡をとっている間、亀井は、池田三郎の写真を、どうやったら、手に入れられるだろうかと、考えてみた。

宮崎に、母親と、妹夫婦がいるということだから、そこへ行けば、三郎の写真が、あるかもしれない。

しかし、宮崎から、電送してもらうとしても、時間が、かかるだろう。

あとは、パスポートの写真である。だが、都庁の開くまで、まだ、時間があった。

残るのは、この隣り近所で、入手する方法である。

池田三郎が、兄の自殺にぶつかって、今度の事件を計画したとしても、その前は、旅行社の仕事を、堅実にやっていたはずである。

この辺の商店街の人たちとも、付き合いがあったはずである。

「連絡しました」

と、日下が、亀井に、報告した。

「航空会社には、課長が、照会してくれるそうです」

「じゃあ、池田三郎の顔写真を、見つけに行こうじゃないか」

「どこへですか？」

「この商店街を、聞いて廻るんだ」

「しかし、まだ、閉まっていますよ」

「叩き起こしてでも、話を聞くさ」

と、亀井は、いった。

6

亀井は、半ば、冗談でいったのだが、実際に、叩き起こして、聞き廻ることになった。

時間がなかったからである。

犯人と女が、二億円を手に入れ、多分、海外への逃亡を図るだろうと、読んでいた。

それを、どうしても、防がなければならないのである。

犯人を逮捕し、二億円を取り返さなければ、今度の事件で、警察と、国鉄は、敗北したことになってしまうのだ。

三軒ほど先に、喫茶店があり、早朝サービスの看板が、かかっていた。

まだ、閉まっていたが、店内で、人の気配がしたので、亀井は、ドアを、ノックした。

「まだ、やっていませんよ」

と、男が、中から、いった。

「警察です。話を聞きたいんで、開けてくれませんか」

亀井は、大声を出した。

「警察？」

と、相手は、いい、カーテンの隙間(すきま)から、顔が、のぞいた。

亀井は、その顔に向かって、警察手帳を突きつけた。

相手は、何か口の中で、ぶつぶついっていたが、ドアを開けてくれた。

三十二、三歳の小柄な男である。

カウンターの奥では、奥さんらしい女が、コーヒーカップを磨(みが)きながら、亀井たちを、見ていた。

「別に、悪いことは、していませんがねえ」

と、男は、煙草をくわえた。

「いや、向こうの『フジ観光』のことで、話を聞きたいんですよ」

と、亀井は、いった。

「あの店は、ここ何日か、休んでいるね」

「ご主人が、どこかへ旅行するとか、おっしゃってたわ」

夫婦が、小声で、話し合っている。亀井は、彼等の会話に割り込んでいった。

「池田三郎さんのことを、よくご存じですか？」

「付き合いは、ありますよ」

と、主人のほうが、いう。

「彼の写真を持っていたら、お借りしたいんですがね」

「写真、あったかなあ」

「ないと思うわ」

と、二人が、いった。

「誰か、彼の写真を持っている人を、知りませんか？」

亀井がきくと、二人は、また顔を見合わせていたが、

「去年の秋、商店街で、旅行に行ったことがあったでしょう。あの時、『アサヒカメラ店』のご主人が、沢山、写真を撮っていたわ」

と、奥さんのほうが、いった。

「その時、池田三郎さんも、一緒だったんですか？」

「ええ、あの時は、全員、参加しましたわ」

と、彼女は、いい、アサヒカメラ店の場所を、教えてくれた。

亀井と日下は、そのカメラ店に行ってみることにした。

ここも、まだ、店が閉まり、カーテンが、おりている。

今度は、日下が、ガラス戸をノックした。

なかなか応答がない。亀井まで加わって、激しくノックした。

やっと、店の奥で、人の動く気配がした。

六十歳近い男が、眠たげな顔で、カーテンを開けてくれた。

亀井が、警察手帳を見せると、男は、がちゃがちゃと、カギを開けた。

「警察が、何の用だね？」

男が、眼をこすりながら、亀井を見た。

「フジ観光の池田三郎さんの写真が欲しいんです。去年の秋に、商店街で旅行に行った時、あなたが、沢山、写真を撮ったと、聞いているんですが」

「撮るのは、撮りましたがねえ」

「その中に、池田三郎さんのものがありませんか。あったら、ぜひ、お借りしたいんです」

「ちょっと、待ってくださいよ」

男は、亀井たちを、椅子に座らせておき、奥へ入って行った。
五、六分、ごそごそやっていたが、アルバムを三冊、抱えて、戻って来た。
「これが、旅行の時に撮った写真ですよ」

と、相手はいい、三冊のアルバムを、テーブルの上に、置いた。

きれいに貼った写真の下に、「金子(かねこ)ぱん屋のご主人」といった注釈が、ついていた。

亀井と、日下は、その注釈を頼りに、アルバムのページを繰っていった。

日下の方が、池田三郎の写真を、見つけた。

若い女と、一緒に写っている写真だった。

(あの女だ)

と、亀井は、彼女を見て、思った。

共犯の女だった。

十二章　成田(なりた)空港

1

　急ぐ必要があった。

　共犯の女は、すでに、二億円をのせた車で、東京に入っているだろう。これは、まず、間違いない。

　犯人たちが、海外逃亡を図っているとすれば、彼等は、前もって、切符も、パスポートも、ビザも、用意してあるに決まっている。

　名前も、顔もわからなければ、彼等を、空港で、逮捕することは、不可能である。

　今、どうやら、犯人の名前は、池田三郎らしいとわかった。

　この男の写真も、手に入ったし、女の名前は不明だが、写真は、見つかった。

亀井は、二人の写真を、警視庁に持ち帰ると、コピーを、大量に、しかも、至急、作ることにした。

時間との競争だった。

コピーが出来る傍から、成田空港へ運んだ。羽田から、他の空港へという行動も考えられるので、羽田へも送る。

大阪空港、名古屋空港などへは、電送写真を使った。

九時半に、十津川が、名古屋から急遽、東京に帰って来た。

着くとすぐ、亀井に、

「どんな具合だね？」

と、きいた。

「犯人から、国鉄本社へは、まだ、連絡がありません。従って、ブルートレインのどの列車に、爆発物が仕掛けられているのか、不明です」

「犯人は、最後まで、切り札として、とっておくつもりだろう。それとも、もう一つ、時限爆弾を仕掛けたというのは、はったりかもしれんな」

「そうですね。犯人の二人の写真は、コピーと、電送で、各空港に配りました」

と、亀井は、いった。

壁には、国外へ出発する飛行便のある空港の名前と、各便の時刻表が、書き出してあった。

東京、大阪、名古屋の他にも、国際線の発着する空港は、多い。

沖縄（那覇）からは、アメリカ、香港、マニラなどに飛んでいる。

福岡は、香港、ホノルル、ソウルなどである。

札幌からは、ホノルルだけに、国際線がある。

他に、新潟（ハバロフスク、ソウル）、小松（ソウル）、熊本（ソウル）、鹿児島（グアム、香港、ソウル）、長崎（上海）、の各空港からも、少ないが、国際線が、飛んでいた。

十津川は、その表を、じっと見つめた。

亀井が、傍から、

「今日が、木曜日で、助かりました」

と、いった。

「一番早い便は、東京発香港行で、午前七時四〇分か」

「それは、金曜日にしか飛んでいません。この時には、まだ、池田三郎の写真が、手に入っていなかったんです」

「次は、八時三〇分のマニラ行だが、それも月曜日だね」

「八時三〇分には、写真を手に入れ、各空港に、コピーを送るか、電送で送りました。今のところ、池田三郎と、共犯の女が、現われたという報告は、ありません」

「こうして見ると、海外へ飛ぶ航空便というのは、沢山あるんだねえ」

十津川は、眉を寄せて、時刻表を見直した。

東京を例にとれば、全世界に、ルートが延びていて、しかも、各国の航空会社が、乗り入れている。

「このどれに乗るつもりでしょうか?」

亀井は、腕を組んで、時刻表を睨んだ。

「昨日、東京駅を出たブルートレインが、最後に、終着駅に着くのは、『富士』の宮崎着一五時四四分だったね」

「そうです」

「それなら、一五時四四分以後に、出る航空便は、無視していいだろう。犯人は、ブルートレインに、時限爆弾を仕掛けたという切り札が、使えなくなるからね」

「すると、そろそろ、犯人が、どこかの空港に、現われてもいい時刻ですね」

亀井は、腕時計に、眼をやった。

2

同じ頃、成田の東京国際空港に張り込みを続けている西本刑事たちも、時々、腕時計に眼をやっていた。

次々に、国際便が、出発して行く。

だが、池田三郎と、共犯の女は、姿を見せない。

ふいに、西本刑事が、成田に駈けつけ張り込みに加わった日下の脇腹を、突ついた。

「あの女だ」

と、西本が、小声で、いった。

間違いなく、共犯の女だった。小さな白いスーツケースを一つ下げただけで、濃いサングラスをかけている。

だが、間違いなく、配られた写真の女だった。

「池田三郎の姿が見えないな」

日下も、小声で、いう。

女は、別に、周囲に気を配る様子もなく、まっすぐフィリピン航空の窓口へ歩いて行った。

彼女が、手続きをすませて、戻って来るのを見定めてから、日下は、フィリピン航空の窓口へ行ってみた。

女の名前は、原口由美とわかった。一〇時一五分発のマニラ行のフィリピン航空に乗る気なのだ。

日下は、同じ便の乗客の中に、池田三郎の名前を探したが、見つからなかった。

日下は、すぐ、電話で、捜査本部に、連絡をとった。

「共犯の女が、現われました。名前は、原口由美とわかりました。一〇時一五分発のマニラ行に乗る気です」

「男は、まだ現われないのか？」

十津川が、きいた。

「まだです。女と一緒に、マニラへは行かないみたいですね。あとから発って、向こうで合流する気なんでしょう。女は、どうしますか？　逮捕しますか？」

「女は、二億円は、持っているのか？」

「いや、小さなスーツケースを一つ下げているだけです。あのスーツケースでは、せいぜい二、三千万円しか入らんと思いますね」

「一〇時一五分発のマニラ行だね？」

「そうです。間もなく、搭乗が始まります」

「共犯の女に、間違いないのか？」

「間違いありません」

「五分待て。その間に、どうするか決める」

「わかりました」

日下は、電話を切った。

西本が、寄って来た。

「池田三郎は、まだ、現われないな」

「女を、先に行かせて、様子を見る気だろう。空港が、見張られているかどうか、試す気だと思う」

「安心とわかってから、自分は、ゆっくり出て来るつもりなんだろう」

「あの女は、やけに悠然としてるじゃないか」

日下は、横眼で、原口由美を見た。

女は、落ち着いて、椅子に腰を下ろし、別に、池田を待っている気配は、見せない。

マニラで、池田と、落ち合うことになっているからだろうか？

正確に、五分過ぎてから、日下は、もう一度、捜査本部に、連絡をとった。

「池田三郎は、まだ、姿を見せません。女のほうは、間もなく搭乗します。このまま、マニラに行かせますか？」

「よし。女を逮捕しろ」

と、十津川が、いった。

日下は、電話を切ると、こちらを見ている西本に向かって、ＯＫの合図を送った。

二人の他にも、六人の刑事が、張り込んでいる。

彼等には、現われるかもしれない池田三郎の見張りを頼み、日下と西本の二人だけが、女に近づいて行った。

アナウンスが、一〇時一五分発のマニラ行フィリピン航空四三一便の搭乗開始を告げている。

原口由美は、スーツケースを下げて、立ち上がった。

日下と、西本は、彼女の前に、立ちふさがり、日下が、警察手帳を示した。

「原口由美さんだね？」

と、日下は、念を押した。

西本は、女が逃げる素振りを見せたら、すかさず、捕えようと身構えていたが、彼女

は、ただ、眉を寄せて、

「警察が、何のご用ですか？」

「君を、殺人と恐喝の共犯として逮捕する。令状も出ているんだ」

日下が、厳しい口調でいうと、彼女は、

「そんなことをしていいんですか？」

「何のことだ？」

「私を逮捕なんかしたら、ブルートレインで、大変な事故が起きるわ。それでも、いいんですか？」

原口由美は、脅かすように、いった。

日下は、むっとしながら、手錠を取り出して、相手の手首にかけた。

それでも、女は、落ち着き払っている。

西本が、女のスーツケースを持ち、日下が、彼女の腕をつかんで、外へ連れ出し、パトカーに乗せた。

パトカーが、走り出した。

3

原口由美は、捜査本部に連行され、すぐ、亀井が、取調べに、当たった。

警察が知りたいことは、二つだった。

一つは、主犯の池田三郎の居所である。もう一つは、ブルートレインに、二発目の時限爆弾が仕掛けてあるとすれば、それは、どの列車のどこにかということである。

しかし、原口由美は、亀井の質問に、口を閉ざして、何も、答えなかった。

「黙秘権かね？　そんなことをすれば、君自身が、不利になるだけだよ。今、われわれに協力すれば、それだけ、情状酌量(じょうじょうしゃくりょう)されるがね」

と、亀井が、いっても、彼女は、押し黙ったままである。

彼女が持っていた白いスーツケースを開けて、中身を調べてみたが、着がえや、化粧道具が入っていただけで、二億円のかけらもなかった。

二億円の行方をきいても、彼女は、返事をしなかった。

「それも、むきになって、黙秘しているというのじゃありません。気のせいかもしれませんが、余裕を持って、こちらの出方を見ているような感じがして仕方がありません」

と、亀井は、十津川に、報告した。

「彼女は、主犯の池田三郎が、助けてくれると、信じているのかもしれないね」

「私も、そう思います」

亀井が、いった時、電話が鳴った。受話器を取った若い刑事が、顔色を変えて、

「十津川警部に、犯人から電話です！」

と、叫んだ。

「犯人？」

「池田三郎だといっています」

「逆探知を頼むよ」

と、十津川は、小声で、亀井にいってから、受話器を受け取った。

「十津川だ」

「彼女を逮捕したのは間違いだ。すぐ釈放するんだ」

男の声が、いった。

「それはできないね。彼女には、殺人と、恐喝の容疑が、かかっているんだ」

「ブルートレインに、もう一つ、時限爆弾を仕掛けたという、われわれの警告を忘れたのか？」

「覚えているよ。だが、信じられないね。どの列車のどこに、仕掛けたんだ？」

「今、一一時四七分だ。一二時までに、彼女を釈放しろ。さもないと、本当に、ブルートレインが、吹き飛ぶぞ。一二時に、また、電話する」

「もう少し、具体的に――」

と、十津川は、いいかけて、「ちぇッ」と舌打ちした。

相手は、もう、電話を切ってしまっていたからである。

十津川は、受話器を置いて、亀井を見た。

亀井が、駄目でしたというように、頭を、横に振って見せた。

「奴は、一二時までに、女を、釈放しろと、いって来たよ」

と、十津川は、いった。

「ふざけた奴ですね。釈放しなければ、ブルートレインを、吹き飛ばすというんですか？」

「そうだ」

「本当に、二発目の時限爆弾が、仕掛けられているんでしょうか？　どのブルートレインも、調べたが、何もなかったと、国鉄側では、いっているわけでしょう」

「ああ。見つからなかったと、いっている」

「じゃあ、はったりですよ。犯人たちは、簡単に、海外へ逃亡できると、思っていたんでしょう。ところが、われわれが、犯人たちの名前をつきとめ、写真まで手に入れて、空港に、張り込んでいたんで、あわてているんだと思いますね。それで、はったりをかませて来たんだと思いますね」

「現在、走っているブルートレインは、何本あったかな」

　十津川は、時刻表を調べてみた。

　東京駅を、昨日出発したブルートレインの終着駅への到着時刻は、次のとおりである。

　どの列車も、昨夜の爆発物騒ぎで、二十分から、三十分の遅れを出したが、現在までに、ほとんど、取り戻しているということだったから、遅れていても、五、六分のものだろう。

「犯人は、一二時に、もう一度、電話すると、いって来ている。ということは、時限爆弾が、仕掛けられているとしても、一二時以後に、セットされていることになるね」

　と、十津川は、亀井に、いった。

「そう考えてくると、一二時前に、終着駅に着く列車は、除外されますね」

　と、亀井も、いった。

　残るのは、「はやぶさ」、「みずほ」、「富士」の三つの列車である。

この列車のどれかに、本当に、仕掛けられているのだろうか？　それとも、亀井のいうように、はったりなのだろうか？

4

犯人、池田三郎のはったりくさいと、十津川も、思った。

だが、無視するには、危険が、大きすぎた。

例えば、「富士」が狙われているとする。富士は、定員十四名の個室寝台一両、定員三十四名の二段式B寝台十一両、それに食堂車一両の合計十三両で、編成されている。

乗客の定員だけで、三八八名である。今、走っている「富士」の乗車率が五十パーセントとしても、二百人近い乗客である。それに、乗務員と、食堂車の従業員が、加わる。

もし、「富士」に、池田のいうように、第二の時限爆弾が、仕掛けられているとすれば、この人数の生命が、危険にさらされるのだ。

はったりとして、無視するのは、簡単だが、それにしては、万一の時の被害が、大きすぎる。

十津川は、まず、国鉄本社に、電話をかけた。

さくら	11:52	(長　　崎)
はやぶさ	14:38	(西鹿児島)
みずほ	12:15	(長　　崎)
富　　士	15:44	(宮　　崎)
あさかぜ1号	11:32	(博　　多)
あさかぜ3号	10:32	(下　　関)
瀬　　戸	5:09	(岡　　山)
出　　雲1号	9:58	(浜　　田)
出　　雲3号	11:23	(出　　雲)

北野は、すでに、名古屋から戻っていた。

十津川は、彼に、今、犯人の池田三郎から、脅迫の電話があったことを、話した。

「狙われているとすれば、『はやぶさ』『みずほ』『富士』の三列車のいずれかだと思います。この中、『みずほ』の終着の長崎着が、一二時一五分で、犯人の指定した一二時から、十五分の余裕しかありません。と、すると、可能性があるのは、『はやぶさ』と、『富士』だと思いますね」

「ちょっと待ってください。その二列車、いや、『みずほ』も入れて、三列車でもいいですが、隅から隅まで、調べましたが、爆発物は、発見されなかったんですよ」

「それは、わかっています。多分、犯人のはったりでしょう。ただ、万一の時の犠牲が、大きすぎます。それは、北野さんにも、おわかりでしょう？」

「もちろん、わかっています。だから、ここで、全員が、犯人からの連絡を待っているんです。安全を、確認したいですからね。しかし、警察だって、いったん逮捕した共犯の女を、釈放することは、できないんでしょう？」

「できません。脅迫されての釈放は、なおさらできませんね」

「じゃあ、どうしたらいいんですか？」

北野は、怒ったような声を出した。

「問題の列車を、現時点で停車させ、乗客全員を、避難させてください。それができれば、私たちも、安心して、犯人と、戦うことができます」

「五十パーセントの乗車率として、二列車で四百人、三列車なら、六百人近い乗客を、途中で、降ろすことになるんですよ」

「わかっています」

「乗客全員を降ろしたあと、どうすればいいんですか？」

「爆発しても、人間に危険のないように、待避線に入れて、もう一度、車内を調べてください。いや、車内だけじゃ、不足ですね。床下や、屋根に、仕掛けてることも考えられるので、そこも、調べてください」

「それで、事件は、解決できるんですか？」

「多分としか、今の段階では、いえません」

と、十津川は、正直に、いった。

北野は、ちょっと、待ってくださいといい、副総裁の小野田と、相談したあと、

「わかりました。すぐ、列車を停めて、乗客を降ろすように、指示を出しましょう」

と、いってくれた。

5

正午に、約束どおり、電話が、かかって来た。

「彼女を、釈放する決心がついたかね？」

と、池田が、きいた。

「釈放したとして、時限爆弾の場所と、時間は、いつ教えてくれるんだね？」

十津川が、きき返した。

「彼女が、釈放されれば、約束は、守るさ」

「そんなあやふやでは駄目だ。原口由美は、殺人と、恐喝容疑で、逮捕したんだ。爆発物のことを、いつ教えるのか、それが、でたらめじゃないという保証がなければ、彼女を、釈放することは、できないよ」

「沢山の乗客が、犠牲になってもいいのか？　十津川という警部は、そんな阿呆(あほ)だったのかね」

「東京を出発するブルートレインは、全て、チェックしたが、爆発物なんか、見つからなかった。君のはったりだろう？　違うなら、違うことを証明してみたまえ。そうすれば、そちらの要求を呑んでやってもいい」

「調べてわかるようなところには、仕掛けたりしないよ」

「わかるものか」

十津川は、わざと、挑発した。

「それなら、このまま、放っておくぞ。何人、死人が出ても、知らんぞ」

と、池田も、怒りを、あらわに見せて来た。

「じゃあ、いつ、教えてくれるかだけでも、いいたまえ。少しは、信用できるかもしれん」

「今すぐ、彼女を釈放するんだ。そして、彼女が、向こうに、無事着いたら、教えてやる。これは、約束する」

「なるほどな」

「すぐ、釈放しろ」

「あと、十分待ってくれ。そうしたら、決断する」

と、十津川は、いった。

「富士」などを停め、乗客全員を避難させるだけの時間が、欲しかったのである。

「十分か。いいだろう。十分後に、また、電話する」

と、池田は、いった。

十津川は、受話器を置くと、すぐ、亀井を見た。

「成田空港近くの公衆電話とまでは、わかったそうです」

と、亀井が、いう。

「すぐ、空港にいる刑事を、そちらへ急がせてくれ」

と、十津川は、いってから、亀井の書き出した航空便の表に、眼をやった。

しばらく、見ていたが、

「おかしいな」

と、首をかしげてしまった。

「何が、おかしいんですか？」

亀井が、きいた。

「今、犯人の池田は、釈放された原口由美が、飛行機に乗り、向こうに着いたと確認できてから、時限爆弾を、どの列車のどこに仕掛けたか、教えるといったんだ」

「それは、犯人としたら、当然でしょう。向こうに着く前に、爆発物が、のぞかれてしまったら、切り札を失ってしまいますよ。こちらは、安心して、飛行機が、向こうに着くと同時に、彼女を、逮捕できます」

「そのとおりだよ。だが、この表を見たまえ。今、一二時八分過ぎだ。成田で逮捕した原口由美を、釈放するとしても、もう、午後の飛行機にしか、乗れないわけだよ」

「ええ」

「この表を見たまえ。午後のマニラ行の便は、一六時〇〇分が、最初なんだ。マニラ着は、一九時一五分になっている。午後の便で、これより早いマニラ行はないんだ。一方、問題のブルートレインで、一番遅く、終着駅に着くのは、『富士』だが、それでも、一五時四四分には、終着の宮崎に着いてしまうんだ。時限爆弾が、仕掛けられているとしても、それまでには、当然、爆発しているはずだよ。乗客が降りてしまってから、爆発しても、脅迫の効果は、ないからね」

「なるほど。奴の言葉は、矛盾(むじゅん)しているわけですね」

「そうなんだ。マニラ行に乗る前に、すでに、爆発しているんだからね」

「すると、やっぱり、奴のいうことは、はったりですかね？」

「はったりなのか、それとも、行き先を変更する気なのか」

「それもありますが、しかし、犯人の言葉が正しいとすると、一五時四四分までに、向こうに着く便ということになりますね。そんな都合のいい便が、午後にありますかね」

亀井は、自分の作った時刻表を見ていった。

最初に、原口由美が乗ろうとしたマニラ行の便の頃、つまり、一〇時一五分頃なら、たいていのところに、一五時四四分までに、行くことができた。マニラ以外でも、香港、台湾にでもである。

しかし、一二時を過ぎた今は、難しい。

マニラは、十津川のいうように、全く無理だし、香港行も、今日七日、木曜日は、一四時四五分発が、午後の最初の便で、香港着は、一八時一五分である。

グアムは、一九時一五分が、午後の第一便である。サイパンも、同じ時刻にしか、午後の便はない。

「たった一つ、ソウル行がありますよ」

亀井が、大きな声を出した。

ソウル行の午後の便は、一三時三〇分発が最初で、これは、一五時四〇分に、ソウルに着く。

「これ以外に、一五時四四分前に着く便はありませんね」

と、亀井が、いった。

池田は、原口由美が釈放されたら、このソウル行の便に、乗せる気だろうか？

いったん、ソウルまで逃げ、ソウルから、マニラへのルートを、考えているのかもしれない。

「原口由美を、釈放されるんですか？」

亀井が、きいた。

「いや、そんなことはしないさ。しかし、一つでも、一五時四四分前に着く便があったことで、池田三郎の言葉を、はったりと、いい切れなくなったよ」

「そうですね」

「もう一つ、わかったのは、『みずほ』と、『はやぶさ』では、間に合わないということだ。となると、もし、時限爆弾が仕掛けられているとすると、それは、『富士』以外には、考えられないんだよ」

6

成田空港から、空港周辺の電話ボックスに急行した刑事たちは、池田三郎を発見することは、できなかった。

いち早く、逃げてしまったのだ。

北野からも、連絡が入った。

「十津川さんの指示どおり、ブルートレインは、停車させ、乗客を降ろして、待避線に入れました」

「『富士』は、どこに停車しています？」

「狙われているのは、『富士』なんですか？」

「十中八九、『富士』だと思いますね」

「『富士』は、大分駅に、停車させました」

「あの駅は、適当な待避線が、ありましたか？」

「傍に、大分運転所がありますから、そちらへ入れました。乗客の乗り降りするホームからは、かなり離れています」

「それなら、安心です」

「あとは、車両のチェックですが、いつ爆発するのか、その時間は、わからないんですか？　それが不明だと、職員に、点検の指示が出せません」

「爆発するのは、一五時以後です」

「それ、間違いありませんか？」

「私が、責任を持ちます。こちらから、大分の警察にも電話して、手伝わせます」

と、十津川は、約束した。

北野の電話が切れてすぐ、池田三郎から、電話があった。

「釈放する決心がついたかね？」

池田の声は、自信にあふれていた。

（どうやら、第二の時限爆弾を仕掛けたというのは、本当らしい）

と、十津川は、思いながら、

「駄目だね」

「駄目だって？　何人も犠牲者が出てもいいのか？」

「犠牲者は、出ないよ」

「ブルートレインに、爆弾を仕掛けたんだ。嘘だと思っているのか？」

「いや。嘘とは、思っていない」

「それなら、なぜ、彼女を釈放しない？　たった一人の女を、釈放するだけで、何人もの人間の命が助けられるんだ。悪くない取引きのはずだよ。なぜ、応じないんだ？」

「今いったように、犠牲者は、出ない。いや出さない。だから、取引きにも、応じられないということだ」

「単なる脅しだと思っているんだな？」

「いや。本当だと思っているよ。しかし、われわれだって、馬鹿じゃないことを、教えてやる。君は、ブルートレインの中の『富士』に、時限爆弾を仕掛けた。爆発する時刻は、一五時、午後三時以後だ。どうだね？　そのとおりだろう？　君のことも、すっかりわかっているんだ。もう、悪あがきを止めて、自首したまえ」

「――」

急に、池田は、沈黙してしまった。どうやら、十津川の推理が、当たっていたらしい。

「すぐ、自首しなさい」

と、十津川は、重ねていった。

「わかったぞ」

と、池田が、いった。

「何がだね？」

「『富士』を、どこかの駅に停めて、乗客を降ろしたんだな？」

「だったら、どうだというんだね？　成田にいる君には、どうしようもないだろう」

「それで、爆発物は、見つかったかね？」

「見つけるさ」

「一つ教えてやろう。タイマーは、一五時四四分にセットしてある。『富士』が、宮崎に着く時刻だよ。それから、もう一つ、あんたは、得意らしいが、とんでもないヘマをやらかしたんだ。一五時四四分になったら、きっと、ほぞをかむことになる。これは、単なる脅しじゃない。よく、考えることだ」

池田は、電話の向こうで、クスッと笑い、電話を切ってしまった。

十津川は、受話器を置くと、難しい顔で、じっと、考え込んだ。

（あの笑いは、何なのだろう？）

それが、気になって、仕方がなかった。

十津川は、自分が、勝ったと、思ったのだ。

（だが――？）

池田は、十津川が、とんでもないヘマをしたと、いった。

あれは、負け惜しみだろうか？

もう、池田は、逃がさない。名前も、写真も手に入っている。各空港は、監視下にあるし、現在、彼は、成田空港近くにいる。空港周辺の道路も、封鎖してしまう。袋の鼠（ねずみ）なのだ。

それなのに、なぜ、あの男は、笑ったのだろうか？

十三章　切迫

1

成田空港を中心に、十津川は、十キロ、二十キロ、三十キロと、十キロおきに、円を描いていった。

犯人の池田三郎が、空港から一・五キロのところにある公衆電話ボックスにいたことは、確認されている。

その後、どう動いたかは、わからない。

二度目の電話は、逆探知に、失敗した。しかし、成田空港から、そう遠くには、行っていないはずである。

池田は、車を使っていると、十津川は、見ていた。

盗難車か、レンタ・カーを使っているだろうが、東京以外の他府県で、借りているとすると、その車を見つけ出すのは、難しい。

十津川は、まず、五キロの円に、パトカーを配置して、池田に対して、大きな包囲網を敷くことにした。

主要道路の検問である。

これによって、車によって、その円内から逃げることは、不可能になる。車を捨て、徒歩で、逃げることはできるかもしれないが、そうすれば、逃げるスピードは、大幅に落ちるだろう。

鉄道を利用して、逃亡することも、考えられる。

利用できる鉄道は、国鉄成田線、京成成田線、国鉄総武線の三本だろう。

十津川は、この三線の各駅にも、刑事を配置した。

「これで、奴は、袋の鼠だと思いますね」と、亀井が、いった。

「奴は、自分で、二億円の現金を持っているはずです。だから、車に乗って、逃げ廻っていると思います。車から降りて、二億円入りのバッグを下げて、歩き廻るわけにはいかんでしょうから、車から、降りられないと、思いますね」

「確かに、カメさんのいうとおりだがねえ」

「時間は、かかるかもしれませんが、この包囲網を、せばめていけば、必ず、池田は、見つかりますよ」

「それは、わかってる」

「じゃあ、警部は、何が気になるんですか？　恐らく、池田は、今から十二時間以内に、逮捕できますよ」

「私が、心配しているのは、時間なんだ」

「と、いいますと？」

「池田は、一五時四四分に、タイマーをセットしたと、電話で、いっている」

「その言葉を、警部は、信じるんですか？」

「カメさんは、信じないのかね？」

「私は、信じませんね」

「なぜ？」

「奴は、寝台特急『富士』に、仕掛けたといっているんでしょう？」

「そうだ。それに、『富士』が、終着の宮崎に着く時刻に合わせたとも、いっていた」

「しかし、その列車を、いくら調べても、爆発物は、見つからないわけでしょう。それに、万一、奴のいうことが正しかったとしても、今、『富士』は、大分の駅で停められ、乗客も、乗務員も、全て、退避してしまっているわけです」

「そうだよ。列車は、駅のホームから離れた待避線に、置かれている」

「それなら、どちらにしろ、心配はないじゃありませんか。待避線の車両が爆破されれば、国鉄は、かなりの損害にはなりますが、乗客は安全です。奴の脅しは、何の効果もなかったことになります」

「いま、何時だ？」

「午後一時になるところです」

「あと、二時間四四分か」

「警部。心配することは、ありませんよ」

「私はね、池田のいい方が、気になっている。彼は、一五時四四分に、セットしたと、わざわざ、教えたあと、その時刻になったら、きっと、後悔するぞともいったんだ」

「それは、警部、奴が、追い詰められて、でたらめをいったんだと思いますよ。精一杯の虚勢じゃありませんか。脅しをかけて、共犯の女を、釈放させようとしたが、失敗した。寝台特急『富士』に、時限爆弾を仕掛けたと脅しても、国鉄が、列車を大分駅に停め、乗客と、乗務員を降ろしてしまったので、効果がなくなってしまった。そこで、あることないこと、でたらめに喋って、脅したわけですよ」

「じゃあ、カメさんは、あくまで、嘘だというのかね？」

「そうです。第一、爆発時刻を、わざわざ教えるというのは、おかしいですよ。本当に、仕掛けて、それをタネに、脅す気なら、肝心の爆発時刻を教えないはずですよ。場所と、時刻を、教えないことが、こうした脅迫の二つの条件ですからね」

「だが、彼の口調は、自信満々だった。それが、いったい何なのだろうかと、考えているんだよ」

「単なるヤケッパチが、変に、自信満々に、聞こえるものですよ。身体の大きな男が、黙っていると、大変な大物に見えるが、口をきいたとたんに、でくの坊だとわかる。それと、同じじゃないですか」

「そうなら、いいんだがねえ」

十津川は、ちらりと、また、壁の時計に、眼をやった。

午後一時五分を過ぎた。

「ご心配なら、もう一度、『富士』の車内を調べてもらいましょうか？」

亀井が、いった。

「そうしてくれ」

と、十津川は、いい、亀井が、国鉄側に、連絡しているのを、見守った。

十津川は、自分が、今度に限って、なぜ、こんなに怯えているのか、わからなかった。

亀井のいうとおり、怯える必要は、もうないはずなのだ。

一五時四四分に、時限爆弾が、爆発したとしても、列車は、すでに、大分駅の待避線に停めてある。人命の被害は、ゼロのはずである。

車両の一両か二両は、破壊されるだろうが、だからといって、共犯の女性を釈放するわけにはいかないのが、当然なのだ。

それに、池田三郎は、現在、包囲網の中にある。亀井のいうように、十二時間以内に、逮捕されるだろう。

どう考えても、不安な点はない。

（だが――）

十津川は、いやな脅威を感じるのだ。その脅威は、怯えになり、時間の経過とともに、強くなるばかりだった。

2

「国鉄側では、もう一度、『富士』の車内と外側を、調べてみるそうです」

連絡を終えた亀井が、十津川に、いった。「何か、いっていたかね？」

「少しばかり、怒っていましたね。もう、調べる所はないとも、いっていました」

「そうだろうな。もう二度も、調べてもらっているからね」

と、十津川は、いった。

相手の怒りが、眼に見えるような気がした。時限爆弾が、列車のどこかに仕掛けられているといって、二度、調べさせたのだ。トイレや、乗務員室、各寝台、換気孔、全て、調べてもらった。客車の床下までである。

しかし、二度、調べてもらっても、何も出て来なかったのだ。

彼等だって、真剣に、調べたであろう。いつ、爆発するかわからないのだから、命がけの調査だったはずである。

それなのに、また、調べろといえば、怒るのは、当然だと、十津川も、思う。

もう、調べるところがないというのもわかるし、自分たちの調査が、信じられないのかという不満もあるだろう。

それでも、一時間後に、連絡が来た。

各車両を、綿密に調べたが、時限爆弾と思われるものは、見つからなかったというのである。

電話を受けた亀井が、

「今回は、自衛隊の探知機も使用したそうですが、それにも、反応は、なかったそうです」

と、十津川に、いった。

「やっぱりね」

「これは、どう考えても、奴の言葉が、でたらめだということの証明だと、思いますね。『富士』の車両には、時限爆弾は、セットされていないんですよ」

「そう思わざるを、得ないようだね」

「とにかく、奴を、捕まえましょう。それで、この事件は、解決です」

と、亀井は、いった。

十津川は、また、時計を見た。

午後二時一三分になっている。

あと一時間半あまりで、池田三郎の予告した時刻になる。

十津川は、まだ、考え込んでいた。

「富士」の車両は、これで、三度、調べたことになる。

それでも、何も出ないというのは、亀井のいうとおり、爆発物は、「富士」には、仕掛けられていないと断定しないわけには、いかない。

電話が鳴った。

十津川が、受話器を取った。

「あと、一時間半だぞ」

と、相手が、いきなり、いった。

「池田三郎だな？」

「そうだ。心配で、いらいらしているんじゃないかと思ってね。電話したのさ」

「寝台特急『富士』の車内に、爆発物は、なかったぞ」

と、十津川は、いった。

池田は、また、クスッと笑った。

「やっぱり、心配になって、もう一度、調べたんだな」

「君は、もう、逃げられん。強がりは、やめて、自首したらどうだね。君は、包囲されている」

「あと一時間半だ。追いつめられているのは、おれじゃなくて、そっちだってことが、わかっていないみたいだな。また、何人もの人間が死ぬことになるんだ。あんたは、それを避けるチャンスを、みすみす、失おうとしている。あとになって、責任問題になっても知らんよ」

池田は、いやに、落ち着き払った声で、いった。

3

十津川には、池田が、なぜ、強気なのか、わからなかった。

（この自信は、どこから出ているのだろうか？）

「もう一度、チャンスをやろう」

と、池田が、いった。

「なんだね？」

「すぐ、彼女を釈放するんだ。彼女が、無事に逃げたとわかったら、時限爆弾を、仕掛けた場所を教える。それから、おれを逮捕しようとして、非常線を張ることも、中止するんだ。十五分したら、また、電話する。よく考えるんだ」

それで、池田は、電話を、切った。

十津川は、一層難しい表情になってしまった。

半径五十キロの包囲網は、少しずつ、狭められている。

今、半径二十五キロの円になった。

この円内に、十中八九、池田三郎は、いるだろう。

逮捕は、時間の問題なのだ。

池田にだって、それは、わかっているはずである。

彼は、車で、脱出しようとして、どこかの道路で、警察が検問しているのを見たのだ。

だからこそ、非常線を、すぐやめろといったのだろう。

それなのに、あの落ち着きは、いったい、何なのだ？　それがわからない。

十津川は、急に立ち上がると、調室(しらべしつ)で、原口由美に会った。

彼女は、十津川の顔を見るなり、

「なぜ、私を釈放しないの？」

と、睨(にら)んだ。

「君を釈放しないと、どういうことになるんだ？」

十津川は、きき返した。

「人が、沢山死ぬわ」

「池田三郎も、そういったよ」

「じゃあ、すぐ、私を釈放しなさい。私が、無事に逃げたら、何も起きなくなるわ」

「人が沢山死ぬって、どこで死ぬんだ？」

「そんなこと、知らないわ。知ってるのは、彼だけ。だから、彼のいうとおりに、私を釈放したらいいのよ」

「列車には、爆発物はなかった。もちろん、『富士』にもだよ」

「探し方が、悪いんじゃないの？」

「いや、完全に調べたよ。『富士』には、仕掛けられていないんだ。それは、わかった。どこへ仕掛けたんだ？」

「だから、私を釈放しなさいよ。そうしたら、彼が、教えるわ。そうすれば、沢山の人が死ななくてすむのよ。私と彼も、海外へ行って、二度と、日本へ戻って来ないわ。それで、万々歳（ばんばんざい）じゃないの」

由美は、早口で、いった。

十津川は、苦笑した。

「国鉄のお金を二億渡したまま、君たちを、高飛びさせるわけにはいかないんだ」

「じゃあ、勝手にしなさいな。何人の人間が死んでも、私は、知らないわ」

「君は、これ以上、死人が出ても、心が痛まないのかね？」

「ただ理由もなく殺すのなら、心が痛むかもしれないわ。でも、私たちは、警察に、交換条件を出してるのよ。誰も死ななくていい条件をね。それを無視した警察が、悪いんだわ。だから、良心は、痛まないわ。これから、沢山の死人が出て、苦しむのは、警部さんだわ」

由美は、平然とした顔で、いった。

屁理屈である。だが、それをいったところで、この女は、何も、教えないだろう。

十津川は、由美への訊問を中止すると、部屋に、駈け戻った。

すぐ、電話が、鳴った。

池田からだった。丁度、十五分たっている。時間に、厳格な男なのだ。

「最後の決断はついたかね？」

池田が、きいた。

「列車以外のところに、時限爆弾を仕掛けたな？」

十津川は、受話器を、握りしめて、きいた。

「それが、警部さんの推理かい？」

その声が、十津川を揶揄しているように聞こえた。

「どこへ仕掛けたんだ？　どこの駅だ？　東京駅か？　それとも、静岡駅か？　名古屋駅か？」

「あんたは、名警部なんていわれてるが、たいしたことはないねえ」

池田は、はっきりと、笑い声を立てた。

4

池田の電話が切れたあとも、十津川の耳から、彼の馬鹿にしたような笑い声が、離れなかった。

「奴が、電話した場所が、わかりましたよ」

亀井が、勢い込んで、十津川に、いった。

「どこだ?」

「東関東自動車道の富里インターチェンジから、百二十メートルの公衆電話ボックスです。今、パトカーが一台、向かっています」

「成田空港から、何キロの所かね?」

「約五キロです」

亀井は、地図の中の、富里インターチェンジに、印をつけた。

「五キロなら、われわれの包囲網の中にいるということだな」

十津川が、地図を見ながら、いった。

「そうです。このまま、包囲網をせばめていけば、奴は、必ず、逮捕できますよ」

「しかし、時間がないんだ。カメさん」

「まだ、奴のはったりを、信じていらっしゃるんですか？」

「今の電話で、池田は、私を笑った」

「なぜですか？」

「私は、彼に、ブルートレインにではなく、東京駅に、時限爆弾を仕掛けたんだろうと、いった。それに対して、彼は、笑ったんだよ。私も、たいしたことはないといってね」

「それは、照れ隠しじゃないんですか？　奴は、どこにも、時限爆弾なんか、仕掛けてないんですよ。それとも、東京駅に仕掛けていて、それを、警部に、ずばりと当てられたので、笑って、誤魔化そうとしたのか――」

「いや、東京駅ではないと思う」

「なぜですか？」

「彼は、一五時四四分に、爆発するといっているんだ。あと、一時間と六分しかない。今から、東京駅を調べたって、見つかるものじゃない。広いし、セットするところは、いくらでもあるんだ。名古屋、静岡の駅も同じだ。もし、この三つの駅に仕掛けたのなら、彼は、むしろ、そのとおりだから、探してみろと、挑戦してくるだろうと思うね」

「それなら、一層、奴の言葉は、はったりとしか考えられんじゃありませんか？」

「いや、逆なんだ。はったりなら、彼は、東京駅に仕掛けてないのに、仕掛けたというだろう。彼は、やはり、ブルートレインの『富士』に、仕掛けたんだよ。それでなければ、一五時四四分という時刻がおかしい。駅に仕掛けたのなら、何時でもいいわけだからね。対象が、一五時四四分宮崎着の『富士』で、はじめて意味を持ってくるんだ」

十津川が、いうと、亀井は、

「それは、わかりますが、現在、『富士』は、大分に停車していて、三度も、車内を調べても、爆発物は、見つからなかったんでしょう？」

「そうだよ、カメさん。だが、どこかに、あるはずだ」

「万一、見つけられなかったとしてもです、警部。爆発しても、人間が死ぬことはない場所に、列車は、待避させてあるわけでしょう。それなら、何も、心配することは、ありませんよ。私は、奴のはったりだと思っていますが、事実としても、別に、怖がることは、ないんですから」

亀井は、笑って見せた。

「池田にも、そのことは、わかっているはずなんだ」

「爆発しても、こわれるのは、列車だけだということですか？」

「そうだよ。大分駅の待避線に入れ、乗客も、乗務員も、降ろしたことは、彼も知っている。われわれが、そうすると、考えていたらしいからね。それにも拘らず、彼は、自信満々でいるんだよ。その理由を、知りたいんだ」

「列車に、猛烈な爆発力のある時限爆弾を仕掛けたということは、考えられませんか？待避線で、爆発しても、離れた駅舎にまで、影響があるような――」

「それは、考えられないね。そうなると、ダイナマイトを、何十本、何百本と、使わなきゃならないからだ。そんなに大量のダイナマイトが、簡単に手に入るとは思えないし、かさばってしまう。『富士』に、仕掛けたとすると、そんな大きなものなら、もう、見つかっているさ。だから、やはり、ダイナマイトで、せいぜい数本のものだと思うね」

「それなら、待避線で爆発しても、被害は、車両だけに、止まりますよ。心配することは、ありませんよ」

「だと、いいんだがねえ」

十津川は、また、考え込んでしまった。

5

時間は、容赦なく、過ぎていった。

一五時（午後三時）を、過ぎた。あと、四十分少しで、爆発する。池田が、時限爆弾を、仕掛けたとすればである。

十津川は、必死に、考え続けた。

（池田が、事実をいっているとしてみよう）

と、自分に、いい聞かせた。

彼は、ブルートレイン「富士」に、時限爆弾を仕掛けた。

その爆発時刻は、一五時四四分である。

これを、そのまま、信じるとする。

池田は、こちらが、「富士」を、大分に停車させ、乗客、乗務員を、避難させたことを知った。

（そのあと、池田は、何といったろうか？）

十津川は、テープを再生してみて、池田の言葉を、手帳に、書きとった。

○また、何人もの人間が死ぬことになるんだ。あんたは、それを避けるチャンスを、みすみす失おうとしている。あとになって、責任問題になっても知らんよ。
○それが、警部さんの推理かい？　あんたは、名警部なんていわれてるが、たいしたことはないねえ。

最初の言葉は、「富士」を、大分で停め、乗客と乗務員を退避させたことへのものである。

あとの言葉は、十津川が、時限爆弾を、東京駅、名古屋駅、それに、静岡駅のどこかに仕掛けたんじゃないのかと、きいたことへの返事である。

池田が、嘘をついていないとすると、時限爆弾は、駅ではなく、ブルートレイン「富士」に、仕掛けたことになる。

また、十津川が、「富士」を、大分で停車させ、全員を降ろしたことが、かえって、沢山の犠牲者を出すことになってしまうのだ。

（しかし、なぜ、そうなるのだろうか？）

時限爆弾が、「富士」の車両に、仕掛けてあるのなら、爆発しても、人命にかかわることは、ないはずである。

ホームから、かなり離れた待避線に、置かれているからだ。

それなのに、沢山、人が死ぬというのは、列車に、仕掛けられていないということではないか。

（時限爆弾が、移動するのだ）

と、思った。

「富士」が、大分で、停車しなければ、時限爆弾は、列車と共に、終着の宮崎まで、行くはずだった。

それが、大分で、停車したために、列車から、動いてしまったということではないのか？

（しかし、どっちだろう？）

それが、わからない。

「カメさん」

十津川は、眼を光らせて、亀井に、声をかけた。

亀井も、十津川の顔色を見て、ただならぬものを感じたらしく、

「何か、気が付かれましたか？」

と、真剣な表情になっている。

「池田は、乗客の荷物か、乗務員の鞄(ケース)に仕掛けたんだよ」

「え？」

「早く気が付くべきだったんだ。だから、彼は、平然としていたんだ。列車を、待避線へ入れても、駄目なんだよ。荷物の持ち主が、列車を降りて、人込みの中にいれば、爆発して、沢山の人間が死ぬ」

「あと、三十六分しかありません」

今度は、亀井が、あわてた。

「問題は、どっちかということだ。乗務員のケースか、乗客の荷物の中か」

「乗務員のケースというと、運転手や、車掌が持っている黒い鞄のことですか？」

「そうだ、あの中なら、ダイナマイトの五、六本は、楽に入れられるだろうからね」

「すぐ、連絡してみましょう」

「まず、乗務員だ。居所はわかっているし、人数も、限られているからね」

と、十津川は、いった。

亀井が、国鉄本社の北野に、連絡した。十津川は、じっと、腕時計を見ていた。

時間さえあれば、問題はないのだ。ゆっくり、一人ずつ、調べていけばいいのだから。

だが、今は、時間との競争だった。間に合わなければ、池田のいうように、沢山の人間が、死ぬことになる。

亀井は、電話をかけ終わると、十津川を見て、

「列車から降りた乗務員は、大分駅に、全員、待機しているので、すぐ、調べるそうです。ただ、機関士や、車掌の持っている鞄は、乗車と同時に、開けて、必要なものを取り出すので、もし、ダイナマイトのような爆発物が入っていれば、すぐ、気が付くはずだと、いっています」

「そうとも限らんよ。池田は、死んだ兄の関係で、国鉄のことを、よく知っているはずだ。乗務員の持つ鞄のことだって、くわしいだろう。似た鞄を用意しておいて、その中に、時限爆弾をセットし、車掌がいない時に、乗務員室に、置いておくことだって、できたと思うよ。車掌は三人乗っているんだから、他の車掌が置いたと思って、怪しまずに、持って降りてしまったことだって、考えられるんだ」

十津川は、いらだっていた。自然に、語調が、険しくなってくる。

五分、六分と、たったが、国鉄側からの返事はない。

「何をしてるんだ！」

と、思わず、十津川は、怒鳴ってしまった。怒鳴っても、仕方がないことは、わかって

いるのだが。

八分たって、やっと、電話が入った。

今度は、十津川が、受話器を取った。

相手は、北野だった。

「向こうで、乗務員全員の鞄を調べましたが、何も、出て来なかったそうです」

と、北野が、いった。

「間違いありませんね？」

「ええ、これで、安心されましたか？」

「逆ですよ。大変なことになりました。乗務員でなければ、乗客の荷物ということになるからです」

「乗客の荷物？　全部、調べるんですか？」

「列車から降りた乗客は、今、どこにいますか？」

「大分駅の待合室にいると思いますが、急いでいる人は、タクシーを拾って、宮崎へ向かったかもしれません」

「くそッ」

思わず、十津川が、唸（うな）った。

「こちらの勝手で、列車を停めたんですから、乗客が、どうしようと、こちらでは、文句は、いえませんよ」

「そんなことは、いっていませんよ。『富士』の乗客で、宮崎まで行くのは、何人ですか？」

「九十二名です。少ないですよ」

「それでも、九十二名もいる。すぐ、連絡して、全員の荷物を調べさせてください。誰かの荷物に、時限爆弾が、仕掛けられているんです。一五時四四分に、セットされているから、時間がない。時間がないんだ。状況は、逐一、こちらに、報告してください」

と、十津川は、頼んだ。

自分が、現場にいないことが、十津川は、口惜しかった。

もちろん、自分が、大分にいたからといって、捜査が、早まるというわけではないことは、わかっている。

九十二名の乗客の荷物を、一つずつ調べていくという作業は、十津川がいなくても、できるだろう。

調べる人間の人数が多いことが、肝心なのだ。

「いらいらするな」

十津川は、立ち上がり、落ち着きなく、窓から外を見たり、コーヒーを、がぶ飲みしたりした。

十津川の不安は、亀井や、他の刑事たちにも、伝染して、重苦しい空気が、部屋全体に漂(ただよ)った。

北野からは、なかなか、連絡が入って来ない。

「国鉄側は、本当に調べているのか？」

と、十津川は、ぶつぶつ呟いた。

電話が鳴った。

飛びつくようにして、十津川は、受話器を取った。

「もし、もし！」

と、大声で、叫ぶと、馬鹿にしたような声で、

「何をあわてているんだ？」

と、池田の声が、いった。

「池田だな」

「あと二十三分しかないぞ」

池田は、楽しそうに、いった。

「わかっている。時限爆弾は、『富士』の乗客の荷物に、仕掛けたな？　そうなんだろう？」

十津川が、問いつめると、今度は、池田は笑わなかった。

「ふーん」

と、鼻を鳴らしただけである。

（やっぱりだな）

と、十津川は、思いながら、

「乗客の誰の荷物に、隠したんだ？」

「もう一度、チャンスをやろう。すぐ、彼女を釈放しろ。それから、包囲網を解くんだ。そうすれば、どの乗客か、教えてやるよ。これが、最後のチャンスだぞ」

「それは、できない」

「じゃあ、勝手にしろ。何人死んでも、おれは、知らんぞ」

「もう、これ以上、君だって、死人は出したくないだろう。すぐ、教えたまえ。どんな乗客の荷物に、時限爆弾を、入れたんだ？」

「すぐ、彼女を釈放し、われわれに、手を出すな。それが、実行されれば、すぐ、教えるさ」

がちゃりと、池田は、電話を切ってしまった。

北野からは、まだ、電話が、入らない。

十四章　結末

1

「警部。木内をのぞいた例の十一人について、調べなくても、いいんですか？」

　突然、亀井が、きいた。

「十一人？」

「北野さんが、『さくら』のB寝台カルテットに乗っていて、エーテルを嗅がされ、二億円を奪われたことがあったでしょう？」

「ああ、あの事件か」

「あの時、二億円を奪い、換気孔に隠した犯人は、B寝台カルテットの子供をのぞいた乗客と、渡辺車掌の他にはいないことになっていたはずです。この十一人は、どうされるつもりですか？　今、逃げている池田の共犯者というように、考えておられるんですか？」

「あれは、われわれの推理の間違いだったんだよ」

「と、いいますと？」

「こういうことさ」

十津川は、ボールペンを取り出した。

北野からの連絡が無くて、いらいらしている時は、かえって、こうした説明をしているほうが、気が、まぎれていい。

十津川は、簡単なB寝台カルテットの車両の略図を描いた。

「1号室に、北野さんが、二億円の入ったボストンバッグを持って、乗っていた。換気孔に細工できるのは、他の客室の人間か、車掌だけだ。それに、この車両の両側の出入口には、刑事たちが、眼を光らせていたから、犯人は、この車両の客と、車掌以外にはないと、思い込んでしまったんだ。だが、違っていたのさ」

「なぜですか？」

「よくこの車両を見ると、客室の他に、通路を出てすぐのところに、更衣室がある。ここに隠れていた犯人は、まず、空いている客室にもぐり込み、換気孔に、エーテルを流し込んだ。それで、われわれも、北野さんも、意識を失ってしまったんだ。その間に、犯人は、合鍵で1号室に入り、二億円を、換気孔の中に、押し込んで隠した。問題は、そのあとだよ」

十津川は、自分の描いた図に、眼をやった。

「犯人は、もとの客室に戻ったんじゃないんですか？」

「違うよ。そうだと、十一人の中に、入ってしまう。犯人は、通路を抜け、更衣室に、もぐり込んで、じっとしていたんだ。他の客室の乗客は、全員、眠ってしまっているから、更衣室に、入って来る心配はない。私が、やっと、気がついて、トランシーバーで、他の車両にいた刑事たちを呼んだ。何が起こったか、正確にわからないままに、B寝台カルテットの3号車に、飛び込んだ。その時には、更衣室なんか、眼中にない。私がいる6号室と北野さんのいる1号室が問題だからね。2号車の日下君と西本君は、まず、6号室に駈けつけ、私が、すぐ、1号室に北野さんの様子を見に行かせて戻って来る。4号車の田中君と清水君は、更衣室の前を素通りして、6号室に向かった。更衣室に、隠れていた犯人は、刑事たちが、通路に消えるのを待ってから、デッキに出ると、他の車両に、逃げ込んでしまったんだ」

「しかし、なぜ、われわれは、更衣室に、気がつかなかったんでしょうか？」

「多分、犯人が、開け放して、逃げたからじゃないかね。開け放してあると、そこに、犯人が、隠れていたとは、考えないからね。それに、渡辺専務車掌が、更衣室には、誰もいなかったといったことを鵜吞(うの)みにしてしまった。何よりも、われわれは、あの時、犯人は、同じ車両の乗客か車掌と、思い込んでしまっていたからね。それが、あとあとまで、邪魔になっていたんだ」

いい終わってから、十津川は、また、時計に眼をやった。

一五時四四分まで、すでに、二十分を切っている。

電話が、鳴った。

「北野です」

と、切迫した声が、いった。

「爆発物は、まだ、見つからないんですね？」

「これは、大分駅からの報告なんですが、『富士』から降りた乗客の中、五人をのぞいて、駅の待合室にいたので、持っている荷物を調べたそうです。しかし、時限爆弾は、見つからなかったということです」

「それで、残りの五人は、どうなったんですか？」

「問題の『富士』が、いつ出発することになるかわからないので、もし、急ぐ方がいれば、適当に、出発して構いませんと、いってあったそうで、この五人は、タクシーを利用したり、他の列車を使って、宮崎に向かったらしいというのです。中には、大分空港から、東京へ戻った人も、いたかもしれません」

「じゃあ、その五人が、今、どこにいるか、わからないんですか？」

「終着の宮崎までの切符を買っていたことはわかっていますが、今、どこにいるかは、わかりません」

「名前は？」

「それも、わかりません。だから、ラジオやテレビで、呼びかけることも不可能なんです」

「見つけられる可能性は？」

「一五時四四分までにですか？」

「そうです。あと十六分でです」

「絶対に無理ですよ。十六分じゃあ――」

北野は、絶望的な声を出した。

2

「どうしたらいいと思う？　カメさん」

十津川は、電話を切ったあと、亀井を見た。

「その五人の名前も、今、どこにいるかもわからないんでしょう？　それじゃあ、無理ですよ。あと、十六分、いや、十五分で、見つけ出すことは、不可能です。一人だけなら、何とか、見つけられるかもしれませんが、その乗客の荷物に、時限爆弾が入っているという保証はありませんからね」

「考えてみよう。カメさん」

「と、いっても、何を考えるんですか？　考えたって、五人の名前は、わかりませんよ」

「犯人は、どうやって、乗客の荷物に、時限爆弾を入れたと思う？」

「しかし――」

「いいから、考えるんだ。カメさん」

十津川は、珍しく、亀井を叱りつけるようないい方をした。

「そうですね。同じ鞄を用意しておいて、すりかえるというのが、まず、考えられますが」

「そりゃあ、違うね。犯人は、終着の宮崎まで行く乗客の荷物に仕掛けたかったんだ。多分、東京駅で、入れたと思うが、前もって、宮崎行の乗客が、どんな鞄を持っているか、わからないだろう？」

「そうですね。すると、相手の鞄の中に、押し込んでしまったということになりますね」

「宮崎まで行く乗客を見つけ、親切ごかしに、荷物を持ちましょうとでもいい、隙を見て、相手の鞄なり、袋の中に時限爆弾を、もぐり込ませたんだと思うね。他に、方法はないよ」

「しかし、そうすると、重さが違って、相手が、気がつくんじゃありませんか？　ダイナマイト何本かに、時限装置を付けてあると、かなりの重さになりますよ」

「それだよ。カメさん」

急に、十津川は、ニッコリした。

「何のことですか？」

亀井が、不審顔できくのへ、十津川は、返事をする代わりに、受話器を取って、東京駅にかけた。

「昨日、妙な落とし物はなかったですか？『富士』が発車した9番線ホームの周辺でだと思うんですがね」

十津川が、いうと、

「それがあるんです。実は、遺骨が、風呂敷に包んでですが、ホームの屑籠の中に、捨てられていたんですよ。警部さんのいわれる9番線ホームです」

「それだ！」

と、思わず、十津川は、叫んでいた。

「壺には、何と書いてありますか？」

「清栄信女。七十三歳と、書いてありますが」

「他には？」

「それだけです」

「ありがとう」

多少、荒っぽく電話を切ると、

「カメさん、頼むよ」

と、いった。

二人で、手分けして、都内の火葬場に電話をかけ、清栄信女の本名と、家族の名前、住所を調べた。

火葬場は、渋谷区幡ケ谷とわかった。

死者の本名は、海和とき、七十三歳。遺族代表は、長男で、海和要太郎、四十歳。住所と、電話番号も、わかった。

十津川は、亀井に、他の電話で、国鉄の北野を、呼び出してもらっておいて、メモした電話番号を回した。

若い女の声が出た。

「海和ですけど」

と、いう。

「海和要太郎さんは、どこです？　こちらは警察ですが」

「父は、会社に、行っております」

「じゃあ、ときさんの遺骨を、運んで行ったのは、どなたですか？」

「母が、宮崎へ持って行きましたけど」

「お母さんの名前は？」

「母が、どうかしたんですか？」

「事情は、あとで、説明します。とにかく、教えてください」

「海和文子(ふみこ)ですわ」

「どんな鞄に、遺骨を入れて行ったんですか？」

「大きな赤いトランクです」

「東京駅には、あなたも、送りに行ったんですか？」

「ええ」

「東京駅で、何かありませんでしたか?」

「何かって、どんな——?」

「親切な男が、赤いトランクを持ってくれたというようなことです」

「ええ、それなら、宮崎まで自分も行くという男の人が、母のトランクを運んでくれましたわ」

それだと、十津川は、思った。

犯人は、そのトランクの中の骨壺と、時限爆弾をすりかえたのだ。

そして、犯人は、結局、「富士」には乗らず、ホームに降りて、屑籠に、遺骨を捨てたのだろう。

「お母さんは、今、どこにいます!」

と、十津川は、きいた。

「さっき、母から、電話がありましたわ」

「どんな電話ですか?」

「それが、大分(おおいた)からで、乗っていた『富士』が、大分で動かなくなってしまったので、一時三十何分かに大分を出るL特急に乗ると、いっていましたわ。だから、宮崎へ着くのは一時間くらいおくれると」

「わかりました。あとで、事情を説明します」

十津川は、電話を切ると、今度は、亀井の持っている受話器を、受け取った。

「北野さん？」

「そうです」

「一時三十何分かに、大分を出るL特急がありますか？」

「それは、一三時三一分、大分発の宮崎行のL特急『にちりん13号』のことと、思いますね」

「今、どこを走っています？」

「間もなく、延岡（のべおか）に着くはずです。一五時三九分延岡着ですから」

「じゃあ、すぐ、延岡駅に電話して、その列車を、停めておいてください。それに乗ってる東京の海和文子という女性、多分、四十五、六歳と思いますが、彼女の赤い大きなトランクの中に、時限爆弾が、入っているんです。遺骨と、すりかえられたんです」

「なぜ、わかったんですか？」

「それは、あとで説明しますから、とにかく延岡駅に、連絡してください」

それだけいって、電話を切ると、十津川は、時刻表を出して、調べてみた。

確かに、L特急「にちりん13号」という列車が、あった。

博多と、宮崎の間を、走っている。

大分発が、一三時三一分、延岡には、一五時三九分に着き、一分停車になっている。

爆発予定時刻の一五時四四分まで、延岡に着いてから、五分しかないのだ。

「にちりん13号」は、七両編成である。

グリーン車一両、自由席四両、指定席二両だ。

乗車率を、五十パーセントとしても、二百人以上は、乗っているだろう。

延岡に停まってから、その二百人の中から海和文子という女性を見つけ出し、彼女のトランクの中の時限爆弾を、処理できるだろうか？　それも、たった五分の間にである。

もし、失敗して、延岡に停車している「にちりん13号」の中で、爆発したら、当然、多数の死者を出すことになるだろう。

それこそ、池田の予告したとおりになってしまうのだ。

電話が、鳴った。

十津川が、飛びついた。

だが、電話の相手は、日下刑事だった。

「今、池田が運転していると思われる車を発見して、パトカー二台が、追跡中です」

「池田に、間違いないのか？」

「ないようです。検問を見て、いきなり、逃げ出したんです。成田空港に向かっています。もう袋の鼠です。そちらは、どうですか？　時限爆弾は、見つかりましたか？」

「あと、四、五分の勝負だ。うまくいければ、一人も、死傷者を出さずにすむ。もし、失敗すれば、沢山の死傷者が出て、警察は、何をしているんだと、非難の的になるさ」

十津川は、電話を切った。

一五時三九分。

問題のL特急「にちりん13号」が、延岡駅に、着いたはずである。

駅員たちは、どう対応する気でいるだろうか？

北野の連絡の仕方が、悪ければ、駅員たちは、たいしたことはないと思い、のんびりと作業をするだろう。それでは、絶対に、間に合わないのだ。

十津川は、自分が、延岡駅にいないことが口惜しかった。

ただ、待つのは、辛い。

その頃、延岡駅では、鉄道公安官の一人が、今着いたばかりの「にちりん13号」に飛び込み、車掌室のマイクを借りて、大声で、車内放送をしていた。

――乗客の中に、東京の海和文子さんが、いらっしゃったら、すぐ、ホームに降り、両手をあげて、合図してください！　これは、人間の生死にかかわることです。海和文子さん。お願いします！

3

乗客たちは、何が何だか、わからない顔でいる。

公安官には、事態を説明している余裕はなかった。それに、この列車の乗客の手荷物の中に、時限爆弾が仕掛けられているといったら、パニックが起きるのは、眼に見えていた。

困ったのは、何事だろうという顔で、列車から、ホームに飛び降りて来る乗客がいることだった。

それが、中年の女性だったりすると、まぎらわしくて、仕方がなかった。

「にちりん13号」が停まったホームからは、他の乗客を、排除してあった。だが、「にちりん13号」の乗客が、どんどん降りてしまったら、何にもならなくなってしまうだろう。

ホームに待機していた助役や、駅員たちは、降りて来た乗客たちを、列車に、押し戻した。

小さなケンカが起きた。

乗務員室のマイクをつかんだ公安官は、

「海和文子さん！　早くホームに降りて、両手をあげて、合図してください！　早くしないと、誰かが死にますよ！」

と、絶叫した。

真ん中あたりの車両から、四十五、六歳の女性が、周囲を、きょろきょろ見廻しながら、降りて来た。

近くにいた駅員に向かって、

「海和文子ですけど、私に、どんなご用ですか？」

と、きいた。

若い駅員は、顔色を変えた。

「海和さんが、ここにいます！」

と、甲高い声で、叫んだ。

助役が、すっ飛んで来た。

「あなたの荷物は？　トランクは、ど、どこにあるんです？」

助役は、興奮して、どもった。

「座席ですけど」

駅員二人が、彼女のいう座席に、走り込んで行き、底に車のついた赤いトランクを、引き出して来た。

二人の駅員の顔が、真っ青だった。

公安官が、駆け寄ったが、助役は、引きつった顔で、

「時間がないぞ！」

トランクを開け、時限爆弾を取り出して、処理する時間は、なかった。

「列車を動かすんだ！」

と、公安官が、怒鳴った。

ドアが閉められ、「にちりん13号」は、のろのろと、動き出した。

実際には、素早く動き出したのだが、見守っている助役や、公安官たちの眼には、まるで、スローモーションの映像でも見ているように、おそく映っていた。

公安官の一人が、トランクを押して行き、反対側の線路上に、突き落とした。

こちらでは、助役が、ホームにいる駅員たちや、海和文子に、

「飛び降りるんだ！」

と、叫んでいた。

「にちりん13号」が、走り去ったあと、空いた線路上に、一斉に、飛び降りた。

海和文子は、まだ、わけがわからずに、ホームに、立ちすくんでいる。

それを、駅員が、抱えるようにして、ホームから、線路上に、引きずり下ろした。

全員が、線路上に、身体を、低くした。

腹這(はらば)いになった者も、いる。

急に、周囲から、音が消えてしまったような気がした。

その重苦しい静寂が、いやに、長く続いたような気がした。

一人が、その沈黙に耐えられなくなったように、小さな咳払(せきばら)いをした。

まるで、それが合図だったかのように、突然、大音響と共に、地面がゆれた。

4

助役は、一瞬、耳が、聞こえなくなった。何か、コンクリートの破片のようなものが、頭上から落ちて来た。

助役は、耳をこすった。

じーんと、鳴っていた耳が、少しずつ、聞こえるように、なった。

駅員たちは、のろのろと、線路の上に起き上がった。

それでも、すぐには、ホームより上に、顔は、出さなかった。

公安官の一人が、最初に、立ち上がった。

「あッ」

と、声を出したのは、ホームの向こう側から、白い煙が立ちこめていて、よく見えなかったからである。

ホームの上には、コンクリートの破片が、散乱していた。

公安官が、ホームの上に、飛び上がった。

他の駅員たちも、二人、三人と、ホームに、上がって来た。

ホームの反対側の一角が、えぐり取られていた。

時限爆弾が入っていた赤いトランクは、あとかたもなくなっている。

助役は、やっと、耳が、正常に戻った。

「怪我人は、いないか！」

と、助役は、大声で、いった。が、駅員たちは、衝撃の大きさに驚いて、誰も、返事をしない。

助役は、自分の眼で、怪我人が出たのかどうか、調べなければ、ならなかった。

公安官は、爆発のあった線路上に、降りてみた。

レールも、その部分で、ひん曲がってしまっている。

だが、どこにも、怪我人は、いないようだった。

「負傷者は、いません」

と、公安官は、助役に、報告した。

「誰か、警察に、電話してくれ」

助役は、近くにいた駅員に、いった。

ホームに、電話があるのに、その若い駅員は、駅舎の方向に、走って行った。が、誰も、彼に、注意しなかった。

急遽、発車した「にちりん13号」は、二百メートルほど前方で、停車していた。

突然、天井から、スレートの破片が、ぱらぱらと、落ちて来た。

爆風で、ホームの屋根の一部がこわれ、それが、今になって、落下して来たのである。

駅員の一人が、その破片で、頭に怪我をした。血が、流れた。

「大丈夫です」

と、その駅員は、いったが、助役は、すぐ救急車を、呼ぶように、指示した。

海和文子は、ホームに、ぺたりと座り込んで、気分が悪いといった。

パトカーで、警官が、駈けつけて来た。

続いて、救急車が到着すると、頭に怪我をした駅員と、気分の悪くなった海和文子が、のせられた。

鑑識が、やって来て、爆発箇所を、写真に撮り始めた。

助役は、国鉄本社から、結果を、必ず、連絡するように、いわれていたことを思い出した。

彼は、駅舎に戻ると、まず、駅長に、事態の説明をしてから、国鉄本社に、電話をかけ、総裁秘書の北野を、呼んだ。

「もう終わりました」

と、助役は、いった。

声が、かすれているのは、のどが、からからに、渇いているからだろう。

「終わったって、どう終わったんですか？」

電話の向こうで、北野が、声をふるわせた。

助役の声が、かすれていたので、沢山の犠牲者が出たとでも、思ったらしい。

「爆発はありましたが、駅員の一人が、こわれたホームの屋根の破片で、頭に怪我をしただけです。小さな怪我ですから、心配はいりません。それから、海和文子さんが、気分を悪くして、病院に、運ばれました」

「それだけですか？」

「人命については、それだけです。一人も、死者は、出ていません」

「本当に、一人も、死者が出ていないんですね？」

北野が、念を押して来た。

「本当です。それで、ほっとしているところです。駅のホームと、レールなどが、かなりこわれました。完全復旧には、二日ほど、かかると思います」

「そんなことは、いいですよ。死者が、出なければ、それで、いいんです」

北野は、ほっとした声を出した。

「駅長も、ほっとしています。現在、県警が、現場を、調べています」

「どうやって、処理したんですか？　時間がなかったでしょう？」

「今、ほっとして、ちょっと、頭が、ぼうッとしていますので、あとで、報告することで、勘弁してください」

と、助役は、いった。嘘ではなく、今になって、急に、気分が、悪くなって来たのである。

助役は、電話を切ると、近くにあった長椅子に、横になった。

（よく、助かった）

と、思い、眼を閉じた。少しでも、おくれていたら、ホーム上で、爆発が起き、何人もの駅員が、死んでいたかもしれないのである。

5

十津川は、いらだっていた。

すでに、一五時四四分が過ぎても、何の報告も、国鉄側から、ないからである。

ふっと、十津川は、列車が、爆発で転覆し、乗客たちが、血まみれになって、呻き声をあげている光景を、思い浮かべて、慄然とした。

やっと、電話が鳴った。

国鉄の北野からだった。

「あなたの推理が、当たっていましたよ」

と、北野は、明るい声で、いった。その声の調子に、十津川は、ほっとした。

「死人は、出なかったんですね？」

「そうです、まだ、詳しいことは、わかりませんが、駅員の一人が、軽い怪我をしただけだそうです」

「すると、やはり、海和文子という女性のトランクに、時限爆弾が、入っていたということですね？」

「そのようです」

「ほっとしましたよ。もし、乗客に、死人が出ていたら、主犯の池田三郎を逮捕して、二億円を取り戻しても、われわれは、敗北したことになってしまいますからね」

「犯人逮捕の可能性は、どうですか？」

「もう、奴は、逃がしませんよ」

と、十津川は、断言した。

時限爆弾の件さえ、片がついてしまえば、怖いものは、ないのだ。

電話を切ると、十津川は、亀井に向かって、

「われわれも、池田逮捕の瞬間を、見に行こうじゃないか」

と、声をかけた。

二人は、パトカーに乗って、成田に向かった。

そのパトカーの無線電話に、どんどん、状況説明の連絡が、入って来た。

――池田が、車を捨てて、逃げました。

と、日下刑事が、連絡して来た。

「その車は、見つかったんだな？」

十津川が、きいた。

――見つけました。今、ナンバーを、照合しているところです。多分、盗難車だと思います。

「二億円は、見つかったのか？」

――いま、車の中を、隅から隅まで調べましたが、どこにも、ありません。従って、奴は、二億円を、持って逃げているのだと思います。徒歩の上、二億円もの大金を持っているとすれば、素早く動けるはずがありません。逮捕は、時間の問題です。

「場所は、どこだ？」

――空港の近くです。

「空港の近く？」

――そうです。われわれに追われて、仕方なく、再び、空港方面に逃げ、車を捨てたんだと思います。

「空港には、張り込んでるね？」

――大丈夫です。清水たちや、それに、千葉県警の刑事も張り込んでいますから、空港に逃げ込めば、自殺するようなものです。

「それならいい」

十津川は、電話を、切った。

包囲網が、しだいに、せばめられていくのだ。池田は、止むなく、また、空港へ逃げ込もうとしているらしい。車も捨てて。

空港に入れば、すぐ、捕まるだろう。

「カメさん、成田空港だ」

と、十津川は、いってから、急に、不安になって来た。

「カメさん、今の電話を、どう思う？」

「犯人が、車を捨てて、空港へ逃げ込みそうだということですか？」

「ああ、そうだ」

「奴は、自分から、罠に落ちるようなものだと、思いますね。空港には、少なくとも、二十人の刑事が、張り込んでいます。それに、奴が、二億円の現金を手に持っているとすると、重さだけでも、二十二、三キロはあります。よたよたしているでしょうから、簡単に、捕まりますよ」

「日下刑事も、そういっていたがね」

「警部は、不安を感じていらっしゃるんですか？」

「急に、不安になって来たんだよ」

「奴は、透明人間じゃありませんよ。逃げられるはずがありません」

「私はね、金の力というものを考えたんだ」

「二億円の力ですか？」

「池田は、それを手に入れるために、殺人まで、犯している。人間というのは、金の力に弱いもんだ。政治家だって、金で動かすことができる」

「すると、奴が、二億円で、誰かに、逃亡を助けさせようとしていると、いわれるんですか？」

「警察に捕まるくらいなら、二億円を、それに使ってしまえと、考えているかもしれん。一億円、いや、五千万円でだって、彼の逃亡を助ける人間が、出て来るかもしれないよ」

「それは、考えられますね」

「例えば、外国の飛行機会社のパイロットを、買収したとすると、空港のロビーで、張り込んでいたって、彼は、捕まえられないかもしれんぞ」

十津川が、いうと、亀井も、しだいに、難しい顔になって来た。

「どうしますか？　警部」

6

「今、何時だ？」

「午後五時三分です」

「これから、成田を出る便は、どのくらいあるんだろう？」

「沢山あると思いますよ。五時から八時頃までは、集中するように、聞いたことがあります」

亀井が、蒼い顔で、いった。

十津川たちの車は、いくら飛ばしても、成田に着くには、あと二十分は、かかる。

十津川は、無線電話で、先行している日下刑事のパトカーを、呼び出した。

「君たちは、あと、何分で、空港に着くんだ？」

——もう、空港が見えています。

「よく聞くんだ。池田は、恐らく、手に入れた二億円で、どこかの航空会社のクルーを買収すると思う。半分の一億円でも、ドルに直せば、四十万ドルだ。買収資金としては、十分だろう」

——それは、計算してませんでした。そんなことを、奴は、やるでしょうか？

「必死なんだ。どんなことでもやるさ。アメリカのミドルだって、年収は、二万ドルくらいのものだろう。その二十年分の金額を用意するんだ。向こうのクルーだって、心は、動くさ。その飛行機会社の制服を着せて、コックピットに乗せてしまえば、パスポートなしでも、海外へ逃亡できるかもしれんぞ」

——しかし、警部。成田に乗り入れている会社は、七十社くらいあります。そのどれに、奴は、もぐり込もうとしているんでしょうか？

「そんなこと、わかるか！」

と、十津川は、怒鳴った。

空港の近くのホテルに、外国のクルーが宿泊している。

池田は、そのホテルを訪れて、四十万ドルで、買収の商談をする気だろう。いや、もう、商談が、まとまっているかもしれない。

「空港へ着いたら、これから出る便の全てをチェックするんだ。乗客の方ではなく、クルーを見張れ。クルーには、乗客とは別の搭乗口がある」

——空港のロビーに張り込んでいる刑事たちは、どうしますか？

「池田が、一般乗客と一緒に、飛行機に乗ろうとすることは、まず、考えられない。空港に、刑事が張り込んでいることぐらい、考えているだろうからね。ロビーの張り込みは、二、三人でいい。あとは、各便のクルーを調べるんだ」

十津川は、大声で、いった。

電話を切ったあとでも、十津川は、不安だった。

時間との競争だったからである。

池田が、前もって、どこかの航空会社のクルーを買収してあったら、多分、もう、成田を離れてしまっているだろう。

もし、池田が、車を捨ててから、買収をしたとすれば、時間的には、きわどい勝負になるだろう。

延岡での、時限爆弾のときもそうだったが、ここでも、十津川は、自分が、現場にいないことが、口惜しかった。

空港に着くまでには、まだ、あと、十五、六分は、かかるのだ。

7

日下と、西本の二人は、空港に、着いた。

パトカーを捨てて、空港ロビーに、駈け込んだ。

ロビーに、張り込んでいた刑事の一人が、

「大丈夫だ。池田は、まだ、ここに姿を見せていないよ」

と、声をかけて来た。

「全員を、集めてくれ！」

と、日下が、いった。自然に、声が、大きくなっている。

「なぜ、そんなことをするんだ？　見張っていなくて、いいのか？」

相手は、怪訝そうに、

「とにかく、集めてくれ。至急だ」

と、日下は、いい、張り込んでいた刑事たちが、集まってくると、十津川の言葉を伝えた。

とたんに、どの顔も、表情が険しくなった。

「ロビーの張り込みは、三人にして、あとは、各便のクルーを、調べるんだ」

と、日下は、いった。

すぐ、刑事たちは、二人一組になり、成田に入っている各航空会社のクルーを、調べることになった。

どの刑事の顔も、引きつっていた。

乗客だけを、見張っていたのだが、その間に、どこかの航空会社のクルーに化けて、飛行機に乗り込んでしまっているかも、しれなかったからである。

今日は、木曜日である。

午後五時以後に、成田を出発する便は、多い。

五時台に限っても、次のとおりなのだ。

一七・一〇　台北（タイペイ）行　（キャセイパシフィック）
一七・二〇　ロサンゼルス行　（日本航空）
一七・二五　バンコク行　（ルフトハンザ）
一七・二五　フランクフルト行　（ルフトハンザ）
一七・二五　フランクフルト行　（ルフトハンザ）経路が違う
一七・二五　香港行　（キャセイパシフィック）
一七・二五　カラチ行　（ルフトハンザ）
一七・四〇　バンコク行　（日本航空）
一七・四〇　台北行　（ノースウエスト）

一七・四五　ロサンゼルス行　（シンガポール航空）

一七・五五　サンフランシスコ行　（パンアメリカン）

一七時ジャストというのも、三便あるが、すでに、午後五時を、八分すぎているから、除外せざるを得ない。

それでも、これだけあるのだ。

刑事たちは、各航空会社の営業所に、文句をいわれながらも、各便のクルーの名前を調べ、一人一人を、調べていった。

怪しいと思った時には、その便の飛行機に乗り込み、コックピット内を、点検した。

四十万ドルを貰い、先に、池田を、コックピットに乗せたかもしれなかったからである。

しかし、なかなか、池田は、見つからなかった。

刑事たちの焦燥を、あざ笑うように、次々に、旅客機は、出発して行った。

十津川と、亀井の車も、やっと、成田空港に到着した。

「どうだ？」

と、十津川が、日下をつかまえて、きいた。

「残念ながら、奴は、まだ、見つかりません。各便のクルーは、全部、調べていますが、変装した池田は、見つからないのです。ロビーにも、現われません」

「そうか」

と、十津川は、肯いた。

「本当に、海外に脱出を図るでしょうか？　こんなに、厳重に警戒している中を」

日下は、首をかしげている。

「やるさ」と、十津川は、いった。

「池田は、今、意地になっている。共犯の女の釈放にも失敗したし、時限爆弾も、効果を発揮できなかった。池田は、自分の才能をたのんでいただけに、口惜しくて、仕方がないはずだ。このあと、海外へ脱出して、警察の鼻をあかしてやろうと、それだけを、考えている。だから、どんな手段を使ってでも、日本から、脱出しようと、するよ」

「今、どこにいると、思われますか？」

「空港の近くにいることは、間違いないだろう。脱出のチャンスを、じっと、窺っていると思うね」

「では、周辺のホテルを、片っ端から、調べてみますか？」

「余力があれば、やってもいいが、重点は、あくまでも、空港だ」

「わかりました」

と、日下は、いった。

二人の刑事が、空港周辺のホテルを調べることになった。

不審な泊まり客がいると聞くと、その部屋にまであがって行って、確認した。だが、池田は、見つからなかった。

空港周辺に、張りめぐらせた包囲網を、突破して、逃げた形跡はないから、いぜんとして、空港近くにいるはずである。

「どこに、消えてしまったんでしょうか？」

日下が、いらだちを見せて、いった。

「多分、この空港内だよ」

十津川は、確信をこめて、いった。

隠れるのなら、一番、隠れそうもない所ということがある。

それに、成田空港は、広い。隠れるには、絶好ではないのか。

しかし、空港に隠れているとして、どこにいるのか？

十津川が、一番、不安を覚えるのは、池田が、自棄（やけ）を起こして、この空港でも、誰かを傷つけないだろうかと、いうことだった。

爆発物は、もう持っていないだろう。だが、ナイフぐらいは、持っているかもしれない。

十津川は、亀井と、空港内を歩いてみることにした。

今日も、海外へ行く人たちで、ロビーは、一杯だし、また、次々に、海外で観光して来た人々が、帰って来る。

十津川は、立ち止まり、窓から、滑走路の方を眺めた。

巨大なジャンボ機が、ゆっくり、滑走路に向かって、引き出されて行く。

忙（せわ）しげに、黄色い制服姿の人たちが、働いている。

「あれは、池田じゃないか？」

突然、十津川が、顔色を変えて、叫んだ。

8

黄色いユニホーム姿で働いている空港職員の一人が、ふっと、顔を上げた時、それが、池田に、そっくりだったからである。

十津川と、眼があった瞬間、相手は、顔をそむけ、十津川の視線から、消えてしまった。

十津川は、亀井を促して、駈け出した。

途中で、日下たちにも、声をかけた。他の刑事たちも、集まって来た。

十津川たちは、サテライトや、格納庫などを、しらみつぶしに、調べていった。

他の空港職員は、何事だという顔で、刑事たちの動きを見守っている。

荷物運搬車が、突然、すごい勢いで、走り出した。

それを運転しているのは、間違いなく、池田だった。

「止まれ！」

と、亀井が、叫んだ。

他の刑事たちが、追う。二十人を超す刑事の数である。

とうてい、逃げ切れるものではなかった。

追いつめられて、二十分後に、空港職員姿の池田が、逮捕された。

池田は、空港内警察署へ連行された。

彼は、意外に、すらすらと、全てを話した。

自分が、敗けたと思ったからだろう。

池田は、やはり、十津川の考えたとおり、海外への脱出を図っていたのだが、十津川の推理と、少しばかり、違っているところもあった。

十津川は、池田が、すぐ、航空会社のクルーを買収するだろうと、読んでいたのだが、慎重な池田は、その間に、ワン・クッション置いたのである。

まず、池田は、空港職員を五百万円で買収して、黄色い作業服を手に入れ、空港内に、もぐり込むことから始めたのだ。

そうしておいてから、今度は、各国の航空会社のクルーの買収に取りかかるつもりだったという。

「ある航空会社の機長が、ウンといったんだ。その男の名前は、いえないがね。上手（うま）くいけば、午後八時過ぎの飛行機に乗ることになっていた。機長に、五万ドル、他のクルーに五万ドル、合計十万ドルで、向こうは、ウンといっていたんだよ」

と、池田は、肩をすくめるようにして、いった。

二億円の札束は、格納庫の隅に、隠してあった。

「しかし、君は、二億円を、手に入れるために、人を殺している。また、最後のほうでも、時限爆弾で、何人もの人間が、死ぬところだった。それについては、どう思っているんだ？」

と、十津川は、きいた。

池田は、すぐには、返事をせず、何か、考えていたが、

「死んだ乗客には、別に、恨みはなかった。気の毒だとは、思ってるよ」

「じゃあ、なぜ、殺したんだ?」

「おれはね、金も欲しかったが、それ以上に、死んだ兄貴の仇(かたき)もとりたかったんだ。だから、国鉄が、一番、困ることをしてやろうと思った」

「それが、乗客の生命(いのち)を奪うことだったのかね?」

「そうさ。それが、一番のアキレス腱(けん)だからな」

「寝台特急『さくら』を、標的にしたのは、なぜなんだ?」

「今、国鉄の第一の顔は、新幹線だ。その次が、ブルートレインだと思った。それに、兄貴は、在来線のスピードアップを、考えていた。だから、『さくら』にしたんだ」

「あんなことをして、亡(な)くなった人が、喜ぶと思ったのか?」

亀井が、横から、険しい眼で睨むと、池田は、小さく肩をすくめて、

「よしてくれよ。おれは、恐らく死刑になるんだ。そんなおれに、お説教なんか、何の意味もないさ、第一、そんなことを考えたら、今度のことは、やらなかったよ」

「勝手なことを、いうな」

「おれが、ただ一つ、後悔していることがあるとすれば、それは、最後に失敗して、相手

の鼻をあかせなかったことだけだよ」

と、池田は、いい、それなり、黙りこくってしまった。

十津川と、亀井は、ロビーへ出た。

「コーヒーでも、どうだい？」

と、十津川は、亀井を、誘った。

二人は、五階の見学者ロビーへあがり、そこの喫茶店に入った。

窓から、滑走路が見えた。

少しずつ、滑走路にも、夜が広がって来て、明かりを点滅させながら、ジャンボ機が、離陸していくのが見えた。

「疲れたね。年齢（とし）かな」

十津川は、小さな声でいった。


「時刻表」は昭和六十年一月号を参考にしました。（著者）

この作品『狙われた寝台特急「さくら」』は昭和六十年九月、小社ノン・ノベルから新書判で刊行され、平成元年七月に文庫化されたものを、文字を大きく読みやすくした新装版です。

一〇〇字書評

切り取り線

購買動機（新聞、雑誌名を記入するか、あるいは○をつけてください）

□（　　　　　　　　　　）の広告を見て	
□（　　　　　　　　　　）の書評を見て	
□ 知人のすすめで	□ タイトルに惹かれて
□ カバーが良かったから	□ 内容が面白そうだから
□ 好きな作家だから	□ 好きな分野の本だから

・最近、最も感銘を受けた作品名をお書き下さい

・あなたのお好きな作家名をお書き下さい

・その他、ご要望がありましたらお書き下さい

住所	〒				
氏名		職業		年齢	
Eメール	※携帯には配信できません	新刊情報等のメール配信を 希望する・しない			

この本の感想を、編集部までお寄せいただけたらありがたく存じます。今後の企画の参考にさせていただきます。Eメールでも結構です。

いただいた「一〇〇字書評」は、新聞・雑誌等に紹介させていただくことがあります。その場合はお礼として特製図書カードを差し上げます。

前ページの原稿用紙に書評をお書きの上、切り取り、左記までお送り下さい。宛先の住所は不要です。

なお、ご記入いただいたお名前、ご住所等は、書評紹介の事前了解、謝礼のお届けのためだけに利用し、そのほかの目的のために利用することはありません。

〒一〇一－八七〇一
祥伝社文庫編集長　坂口芳和
電話　〇三（三二六五）二〇八〇

祥伝社ホームページの「ブックレビュー」からも、書き込めます。
http://www.shodensha.co.jp/bookreview/

祥伝社文庫

狙われた寝台特急「さくら」 新装版

平成28年 2月20日 初版第1刷発行

著　者　西村京太郎

発行者　辻　浩明

発行所　祥伝社

東京都千代田区神田神保町 3-3

〒101-8701

電話　03（3265）2081（販売部）

電話　03（3265）2080（編集部）

電話　03（3265）3622（業務部）

http://www.shodensha.co.jp/

印刷所　堀内印刷

製本所　積信堂

カバーフォーマットデザイン　芥　陽子

Printed in Japan ©2016, Kyotaro Nishimura ISBN978-4-396-34178-7 C0193

西村京太郎ファンクラブのお知らせ

会員特典(年会費2200円)

◆オリジナル会員証の発行
◆西村京太郎記念館の入場料半額
◆年2回の会報誌の発行(4月・10月発行、情報満載です)
◆抽選・各種イベントへの参加(先生との楽しい企画考案中です)
◆新刊・記念館展示物変更等のハガキでのお知らせ(不定期)
◆他、追加予定!!

入会のご案内

■郵便局に備え付けの郵便振替払込金受領証にて、記入方法を参考にして年会費2200円を振込んで下さい ■受領証は保管して下さい ■会員の登録には振込みから約1ヶ月ほどかかります ■特典等の発送は会員登録完了後になります

[記入方法] **1枚目**は下記のとおりに口座番号、金額、加入者名を記入し、そして、払込人住所氏名欄に、ご自分の住所・氏名・電話番号を記入して下さい

郵便振替払込金受領証　窓口払込専用

口座番号	金額	加入者名
00230-8-17343	2200	西村京太郎事務局

料金(消費税込み)　特殊取扱

2枚目は払込取扱票の通信欄に下記のように記入して下さい

通信欄
(1)氏名(フリガナ)
(2)郵便番号(7ケタ)※必ず7桁でご記入下さい
(3)住所(フリガナ)※必ず都道府県名からご記入下さい
(4)生年月日(19××年××月××日)
(5)年齢　(6)性別　(7)電話番号

※なお、申し込みは、郵便振替払込金受領証のみとします。
メール・電話での受付は一切致しません。

■お問い合わせ(西村京太郎記念館事務局)
TEL 0465-63-1599

祥伝社文庫　今月の新刊

富樫倫太郎
生活安全課0係(ゼロ)
バタフライ
マンションに投げ込まれた大金の謎に異色の刑事が挑む!

南　英男
警視庁潜行捜査班シャドー
監察官殺しの黒幕に、捜査のスペシャリストたちが肉薄!

内田康夫
氷雪の殺人
日本最北の名峰利尻山で起きた殺人に浅見光彦が挑む。

西村京太郎
狙われた寝台特急「さくら」
人気列車で殺害予告、消えた二億円、眠りの罠——。

安達　瑶
強欲　新・悪漢刑事(わるデカ)
女・酒・喧嘩上等。最低最悪刑事の帰還。掟破りの違法捜査!

風野真知雄
笑う奴ほどよく盗む　占い同心 鬼堂民斎
ズルもワルもお見通しの隠密易者が大活躍。人情時代推理。

喜安幸夫
闇奉行　影走り
情に厚い人宿の主は、奉行の弟!? お上に代わり悪を断つ。

長谷川卓
戻り舟同心
六十八歳になっても、悪い奴は許さねえ。腕利き爺の事件帖。

佐伯泰英
完本 密命　巻之九　極意　御庭番(おにわばん)斬殺
遠く離れた江戸と九州で、父子に危機が降りかかる。

佐伯泰英
完本 密命　巻之十　遺恨(いこん)　影ノ剣
鹿島の米津寛兵衛が死んだ!? 江戸の剣術界に激震が走る。